An Introduction to
Poetry in English

英詩のわかり方

阿部公彦

KENKYUSHA

'Lady Lazarus,' 'Daddy' from *Collected Poems* by Sylvia Plath. Reproduced by permission of Faber & Faber Limited.

'Pike,' 'The Thought-Fox,' 'The Shot' from *Collected Poems* by Ted Hughes. Reproduced by permission of Faber & Faber Limited.

'Digging' from *Death of a Naturalist* by Seamus Heaney. Reproduced by permission of Faber & Faber Limited.

'The Hand' by R.S. Thomas. Reproduced by permission of Phoenix Press, a division of The Orion Publishing Group.

'Days' from *Collected Poems* by Philip Larkin. Reproduced by permission of Faber & Faber Limited.

'Next, Please' from *Collected Poems* by Philip Larkin. Reproduced by permission of The Marvell Press.

'The Man With a Blue Guitar' from *Collected Poems* by Wallace Stevens. ©The Estate of Wallace Stevens. Published by Alfred A. Knopf. Reproduced by permission of Pollinger Limited and the proprietor.

'Burnt Norton' from *Collected Poems 1909–1962* by Thomas Stearns Eliot. Reproduced by permission of Faber & Faber Limited.

'Lover of Love' by Sakutaro Hagiwara. Translation from the Japanese by Hiroaki Sato. In *Poems for the Millennium* eds. Jerome Rothenberg and Pierre Joris. Berkeley: Univ. of Calif. Press, 1995.

目　次

序章　あらゆる詩は外国語で書かれている　1

第1章　英詩は嬉しい　27

第2章　なぜ英詩は声に出して読んではいけないのか　57

第3章　英詩は失敗する　113

第4章　英詩は問答する　159

第5章　なぜ英詩は偉そうに決めつけるのか　195

付録　英詩の韻律　227

参考図書　229

おわりに　235

序　章
あらゆる詩は外国語で書かれている

朔太郎 / シェイクスピア

1) 詩を読むとは？

詩には他人の匂いがする

　まずはじめに、ちょっと抽象的なことを言わせてください。

　「英語の詩を読むとはどういうことなのか、いろいろな角度から実例とともに考えていく」というのが本書の目的なのですが、これをよりわかりやすくイメージしてもらうために、人間関係の喩えを借りてみたいと思います。

　見ず知らずの他人がいたとする。多くの場合、電車やデパートであれば、そのまま通りすぎてしまうのがふつうでしょう。でも、そうもいかない場合もある。挨拶し、話す。お茶を飲む。仕事の打ち合わせをする。

　そうすると、私たちはこの他人についていろいろな印象を持ち始めます。ああ、人あたりのいい人だな、とか。無口だな、とか。よく顔をしかめるな、とか。

　詩を読むとは、こういうときの状況と似ているのです。私たちが読む詩はほとんどの場合、見ず知らずの他人によって書かれています。しかも詩のテクストには、この見ず知らずの他人の体臭がたっぷりとこめられている。詩を読むとは、テクストという他人の匂いを嗅ぐようなものなのです。

　でもそれは同時に、テクストの他人らしさの中に、つまりその他者性を越えた場所に身を置き、さらにはそこに住んでみるということでもあります。そのときに「ああ、ここはやっぱり自分の家だ」と思うこともあるでしょう。あるいは「こんなところへ来たのははじめてだ」とびっくりすることもあるかもしれません。いずれにしても中に入って住んでみる、ここが肝心な点となります。

テクストに住んでみる

　この章には「あらゆる詩は外国語で書かれている」という少し挑発的なタイトルをつけてみました。その理由はここにあるのです。詩を

読むときに大事なのは、いかにしてテクストの他者性を見失わないまま、テクストに自分を預けてその中に住みつくかということなのです。そのときの最大の障害のひとつはきっと、「どうしても中に入れない」と思ってしまうことではないでしょうか。

　これは実は外国語を学ぶときの障害と似ています。と同時にそれは外国語を学ぶ快楽にも通じている。言葉というものが本来持っている他者性を思い出させてくれるのが外国語との遭遇なのです。母国語だって、ほんとうは外国語なのです。生まれたときには、私たちは、どんな言語にも未知の言葉として出遭う。そうした遭遇には強烈な違和感がつきものだけど、だからこそ、なじみのない言葉に身をゆだね、うまく「お任せ」したときには、身体を一瞬軽くしてくれるようなトリップの感覚も生まれます。

2)　詩は翻訳で読んでも意味がない？

祭司としての翻訳者

　翻訳王国と言われる日本では、文学作品に限らずさまざまな外国語の書物が翻訳され、その中には多くの名訳も含まれてきました。いうまでもなくこれは、学問のスタイルと密接な関係があります。日本では外国語の読解を通して情報を得るという知のスタイルが長らく習慣となってきたため、学問するとは外国産の知識を吸収することであり、かつてはそれは中国からの、そして明治期以降は欧米諸国からの知の輸入を意味していました。ただ、実際に外国語を自分で読みこなす余裕のある人の数は今も昔も限られ、多くの場合、いわゆる個人輸入ではなく、貿易業者をとおした接触、つまり紹介者による翻訳が間に入った学習という形をとってもきました。

　そのせいもあり、外国作家の作品を扱う翻訳家や外国文学研究者は、西欧諸国とはくらべものにならないほどの脚光を浴びます。本の表紙には作者よりも翻訳者の名前の方が大きく印刷されたり、オリジナルの文章とともに、訳者による解説や註、コメントなどがふんだんに盛りこまれたりします。日本では翻訳者は、ちょうどカトリック教会に

おいて神父が神と一般信徒との間で持つような、祭司としての地位を与えられてきたのです。これまで多くの優秀な人材がその役割を担ってきましたし、現在でもそうした翻訳紹介に関心を持つ優れた文学者はどんどん出てきています。こうなると読む方としても、翻訳されたものについては、一種敬意と我慢を持って接するということにもなりやすいようです。多少わからなくても、「ま、仕方ないか」と諦めるか、むしろわからない自分を責めたりします。

翻訳を読んでみたけど、何だかなあ……の読書体験

詩の世界でも、上田敏の『海潮音』をはじめ、日本語で書かれる詩にまで影響をあたえたといわれる名訳がいくつも生み出されてきました。英詩では、とくに日本人に受けが良いとされるジョン・キーツやトマス・グレイ、W・B・イエイツ、時代を下ってアメリカのビート派などがお馴染みの翻訳ブランドとなってきたようです。新潮文庫、岩波文庫、角川文庫など、一般書店でも簡単に手に入るシリーズの中にも必ず詩集が入っています。

でも同時に、「さあ、英詩を読んでみよう」と特定の文庫を手にとりながら、数頁も進まずに挫折してしまったという経験を持つひとも多いのではないでしょうか。そもそも外国の文学にある香り——どこか遠くにあって、ありがたそうで、立派で、意味不明な時もあれば、やけにわかりやすい時もあり、意外に身近な感じもしたり、自分だけしか知らなかったはずの秘密をずばっと言い当てたりもするけど、まったく外れることもある——そういうものの体験のひとコマとして「英語の詩を読んでみたけど、何だかなあ」という言い方はいかにもぴったりくる。英詩は外れる。わからない。ピンと来ない。そして、そんなときに折良く耳に入ってくるのが「詩は翻訳で読んでもわからない」という言葉なのです。

では、果たして詩は翻訳で読んでも意味がないのでしょうか？

タイミング重視の翻訳論

　私がまずここで言っておきたいのは、「**いま**読んでぴんと来ないものは、**あと**に回せ」ということです。読書にはタイミングというものがあります。とくに詩の場合、自分の置かれている状況、気分、体調などに影響されることも多いので、せっかくおもしろがれるはずのものが、たまたまタイミングが悪かったばかりにピンと来ないということがしばしばあります。

　翻訳はたしかに原語の持っている響きをほとんど伝えません。ただ、タイミングが合っていれば、本当に相性がよければ、そんなハードルを軽々と越えて、その向こうに隠れているものに反応させてくれるということもあるはずです。だから一概に詩の翻訳不要論は唱えたくないのです。どんなに間接的な形であれ、作品と接してみることは意味があります。原文とは似ても似つかない翻訳の日本語、場合によってはとんでもない誤訳や、訳者がはりきりすぎた結果の超訳に満ちていても、そこには出会いの芽があります。もちろん、翻訳文が原文を読むときの助けになることは言うまでもありません。

　とにかく性急な絶望は避けてください。一度読んでだめでも、それは翻訳だから、ということもあるでしょうし、原語で読んだとしても、タイミングが悪くてピンと来ないということだってある。本書ではそうした「ピンと来ない」感じを乗り越えてもらうために、心構えや目の付け所を説明するつもりですが、それでもうまくいかないということはあるでしょう。そういうときには「**あと**に回せ」です。人間にもいろいろなパーソナリティがあって、先に触れた「他者性」もさまざまです。言葉遣い、振る舞い、匂い。初対面のときから何か嫌な感じだと思う人もいるし、妙に居心地よくさせる人もいる。詩にも人柄があるのです。だから、結局ずっと相性の悪いままということだってあるでしょうが、多くの場合は時間がたつと相手の「旨味(うまみ)」のようなものがわかってきます。

　英詩を読むということは、二重の意味で違和感に満ちているかもしれません。まず英語であるから。そして詩であるから。しかし英語で

あることで、詩であることの他者性はより鮮明に浮かび上がるはずだし、詩であるおかげで英語であることの他者性も明確になります。以下のセクションではそのあたりに焦点をあててみたい。まず日本語の詩の英訳を見ます。日本語の詩のどのあたりが英語になりにくいのか。外国語であり、詩であるわけですから、英語との遭遇は当然ぎくしゃくします。しかし、その摩擦の中にこそ、魅力的な他者がいる。次に英詩の日本語訳を読み、同じような、しかし逆方向の問題について考えてみます。そこからがおそらく本題ということになるでしょうか。英詩という二重の意味での他者を読むことで、英語について、詩について、発見があればと思っています。

3) 朔太郎は英語になるか？

「恋を恋する人」が失うもの

　翻訳で原語の響きを伝えるのは至難の業だ、とはあまりによく言われることです。私もそれにはまったく賛成なのですが、だからこそ、つまり翻訳文と原語との響きがまるきりちがってしまうような日本語と英語の間柄のおかげで、かえって英語の他者性がくっきり浮かび上がるということもあります。そのあたりを具体的に確認するために、実際に詩の翻訳では何が起きるのかを見てみましょう。まずは英詩の日本語訳ではなく、日本語の詩の英訳から読みます。つぎにあげるのは萩原朔太郎の「恋を恋する人」という作品とその英訳です。両者を読んでみて、英訳ではいったい何が失われているかについて考えてみましょう。

　　「恋を恋する人」
　わたしはくちびるにべにをぬつて、
　あたらしい白樺の幹に接吻した、
　よしんば私が美男であらうとも、
　わたしの胸にはごむまりのやうな乳房がない、
　わたしの皮膚からはきめのこまかい粉おしろいのにほひがしない、

わたしはしなびきつた薄命男だ、
ああ、なんといふいぢらしい男だ、
けふのかぐはしい初夏の野原で、
きらきらする木立の中で、
手には空色の手ぶくろをすつぽりとはめてみた、
腰にはこるせつとのやうなものをはめてみた、
襟には襟おしろいのやうなものをぬりつけた、
かうしてひつそりとしなをつくりながら、
わたしは娘たちのするやうに、
こころもちくびをかしげて、
あたらしい白樺の幹に接吻した、
くちびるにばらいろのべをぬつて、
まつしろの高い樹木にすがりついた。

'Lover of Love'

I painted *rouge* on my lips,

and kissed the trunk of a new birch,

even if I were a handsome man,

on my chest are no breasts like *rubber balls*,

from my skin rises no fragrance of fine-*textured* powder,

I am a wizened man of ill-fate,

ah, what a pitiable man,

in today's balmy early summer field,

in a stand of glistening trees,

I slipped on my hands sky-blue gloves,

put around my waist something like *a corset*,

smeared on my nape something like nape-powder,

thus hushed assuming *a coquettish pose*,

as young girls do,

I cocked my head a little,

and kissed the trunk of a new birch,
I painted *rosy* rouge on my lips,
and clung to a tall tree of snowy white.

(Translation from the Japanese by Hiroaki Sato).

英語から日本語への翻訳となると必ず話題になるのは、英語の主語 I をどう訳すかという問題です。私、わたし、あたし、僕、ボク、俺、オレ、俺様、わし等々、翻訳者は文章のスタイルに応じて訳しわけなければなりません。「ぼく」がふさわしいのはちょっと若ぶった、しかし実際にはかなり年をとっているオジさん、とか。「あたし」ならある種の女性らしさをことさらに出している口語調の語り手、とか。「オレ」なんて、日本語の文章ではわざとらしすぎるかもしれせんが、英語の文章でそうしたくなるものも意外とあります。

「くちびるにべにをぬつて」はおかしい人とは？

引用は日本語の英訳なので逆の問題が生じていますね。朔太郎の作品の「わたし」は、英語では問答無用に I となる。英語では必ず I が正解なのだからかえって話が早いのでは？ と考えたくなるかもしれませんが、でも「恋を恋するひと」という詩のポイントは「くちびるにべにをぬつて」はおかしいような人がそうしているというところにあるのです。

つまりこの語り手は限りなく女性性を模倣しているけれど、やっぱり男である、そしてそのズレを自覚しつつどこか自分の倒錯性と滑稽さのパワーに酔ってもいる、そんな気分をこの平仮名書きの「わたし」は担っています。「わたし」とは男でも女でもある一人称ですが、平仮名書きにすると、この場合、ちょっとその中立性が揺れます。ややソフトで、女らしい、でもとりあえず表面上は中立である、というような。

そのあたり、英訳の I painted *rouge* on my lips, / and kissed the

trunk of a new birch では感じが違ってきますね。「わたし」にこめられた不安定さ、その不安定な一人称をしつこく多用することによって出てくるわざとらしさなどが消えてしまう。英語でも I によってはじまるセンテンス構造は守られ、ある程度の執拗さは生み出すことができているようですが、それはもっと素直な自己陶酔を表現してしまっているように思えます。

また on my chest are no breasts like *rubber balls*,/ from my skin rises no fragrance of fine-*textured* powder, / I am a wizened man of ill-fate のような部分も、日本語では「わたし……／わたし……／わたし……」と行頭に「わたし」がならぶ仕掛けになっていますが、英語では所有格の my を使わざるをえないため、意味の流れが部分 (my chest, my skin) から全体 (I am ...) へという論理的な階層性を示唆してしまいます。日本語の「わたし、わたし、」と言い募る様子はまさにそうした階層的な論理を揺るがすはずなのに、です。

小林秀雄と語尾の芸術

今の主語はいわば頭の問題ですが、尻尾、つまり語尾もそれにおとらず大事です。日本語の場合、語尾の処理で語り手の態度が調整されたり、論理の流れが変わったり、文体のリズムがつくられたりします。たとえばこの本は「ですます調」で書かれているので、何となく語り手がにこにこと微笑みかけてくるような気がしませんか？ 実際、私もにこやかにパソコンに向かっています(ほんとですよ)。

かつて文芸批評家の小林秀雄は、校正の際、語尾だけを直したとある編集者の方が言っておられましたが、小林独特の口調が批評文として成立するときに鍵になるのは、たしかに語尾の呼吸の取り方でしょう。たとえば「無常という事」の最後は次のように終わります。

> 上手に思い出す事は非常に難かしい。だが、それが、過去から未来に向って飴の様に延びた時間という蒼ざめた思想(僕にはそれは現代に於ける最大の妄想と思われるが)から逃れる唯一の本当

に有効なやり方の様に思える。成功の期はあるのだ。この世は無常とは決して仏説という様なものではあるまい。それは幾時如何（いつい か）なる時代でも、人間の置かれる一種の動物的状態である。現代人には、鎌倉時代の何処かのなま女房ほどにも、無常という事がわかっていない。常なるものを見失ったからである。

エッセーのまとめの部分だけあって、非常にスケールの大きいことを言っているようです。「過去から未来に向って飴の様に延びた時間という蒼ざめた思想」などと言われると、単に「時間軸」とか「クロノロジー」と言われるよりもずっとドラマチックですね。小林が言いたいのは何なのか。小林の文章では「この世は無常とは決して仏説という様なものではあるまい」とか「無常という事がわかっていない」といった否定形が多用されているため、今にも手が届きそうで届かないもどかしい感じがつきまとうのですが、「この人、たしかに何かを言いたそうだな。この人の後についていけばどこかに連れて行ってくれそうだな」という気分にはさせます。とにかくインパクトの強い文章です。オーラがある。

　ところでこの文章、試しに語尾だけ直してみるとします。すべてに「である」をつけてみるとどうなるか。

　　上手に思い出す事は非常に難しいのである。だが、それが、過去から未来に向って飴の様に延びた時間という蒼ざめた思想（僕にはそれは現代に於ける最大の妄想と思われるが）から逃れる唯一の本当に有効なやり方の様に思えるのである。成功の期はあるのである。この世は無常とは決して仏説という様なものではないのである。それは何時如何なる時代でも、人間の置かれる一種の動物的状態である。現代人には、鎌倉時代の何処かのなま女房ほどにも、無常という事がわかっていないのである。常なるものを見失ったからである。

議論の中身は変わらないのですが、文章としてはどうにも具合の悪い、

間の抜けたものになりますね。ここから逆に振り返ってみると、オリジナルの文章は、ほぼ同じ内容のことを、主に語尾の力によってものすごく鋭利に表現しているという印象を受けます。いや、本当は「である」による断定の連鎖にすぎないことが、それ以上の議論に格上げされているようでもある。それを詐術と見るか、技術と見るか、あるいは芸術と見るか、微妙なところですが、少なくとも語り手がもともと持っている断定性よりも、その語尾における表現こそが文章の仕上がりを大きく左右する、という点には留意しておく必要があるでしょう。

朔太郎の語尾

朔太郎の「恋を恋する人」でも語尾は大きな役割を果たしています。特に圧巻は中盤の部分でしょう。

  手には空色の手ぶくろをすつぽりとはめてみた、
  腰にはこるせつとのやうなものをはめてみた、
  襟には襟おしろいのやうなものをぬりつけた、

「た、」を行末で連続させ、エスカレートしていくような抒情的盛り上がりを生み出しています。これは朔太郎が他の作品でも使っている技法なのですが、この詩の場合はとくに次のようなものを表現する効果がありそうです。

(1) 語り手が、少しずつ仕上がる自分の装いに自ら夢中になり、騙されていくような陶酔感。
(2) 変装のひとつひとつのプロセスが手作業でおこなわれている、そうした細部の操作に注目するフェティッシュな視線の執拗さ。
(3) 「(やって)みた」という過去形の試行の連続ならではの、宙ぶらりんの未完了な印象が続く感じ。
(4) 次々に視点がうつるスピード感。

では、これが英語訳ではどうなっているでしょう。

I slipped on my hands sky-blue gloves,
put around my waist something like *a corset*,
smeared on my nape something like nape-powder,

もちろん語順はかわるし、脚韻を踏ませることも無理ですね。たとえ無理に行末の音を揃えたところで、日本語原文の「……みた」の連続が担っているような語り手の態度を、そのまま移植するのは不可能でしょう。また英語の韻というのは、さり気なく行末の音を重ねることにポイントがあるので、こうしたことさらな反復性を表すにはふさわしくないかもしれません。

言い募りの日英比較

ただそれでも、原文の大まかな構造は英語訳でも維持されている。とくに三つの行為を並列させ、少しずつ、ひとつずつ作業が行われる様子を描写するというやり方はそのまま引き継がれています。しかし、それがずいぶん「ふつう」な表現になっている。英語ではもともと並列とか羅列といった方法は、詩にかぎらず散文などでもかなり多用されるということがあるため、かえって原文の並列が持っていた過剰さのようなものが、英語では目立たなくなるのです。

小林秀雄の例を見てもわかるように、日本語の語尾処理のコツは、あまり同じ語尾を連続させないというところにあります。その方が文章に自然な流れができる。朔太郎はそれを逆用して、わざと同じ語尾を執拗に続けることで、過剰さ、異常さを表現しながら、ふつうの散文にはみられないような力を生んでいます。それが不思議な歌謡性ともつながってくる。

日本語では英語とちがって、言い募ったり並べ立てたりする表現がもともとあまりとられないため、そこに訴えると、通常の文章からの逸脱をうまく演出することができるわけです。ところが英語訳の方ではそうした演出があまりしつこく感じられず、効果を発揮しにくい。

英語が本来的に連続や並列のレトリックをごくふつうに受け入れる土壌を持っているということは、「英語らしさ」について考えるためにも重要なポイントなので、次のセクションでも触れてみたいと思っています。

Sonnet 12 （1609）

When I do count the clock that tells the time,
And see the brave day sunk in hideous night;
When I behold the violet past prime,
And sable curls all silvered o'er with white;
When lofty trees I see barren of leaves,
Which erst from heat did canopy the herd,
And summer's green, all girded up in sheaves,
Borne on the bier with white and bristly beard;
Then of thy beauty do I question make,
That thou among the wastes of time must go,
Since sweets and beauties do themselves forsake,
And die as fast as they see others grow;
  And nothing 'gainst Time's scythe can make defence
  Save breed to brave him when he takes thee hence.

4行目　**o'er**《詩語》over.
6行目　**erst**《古語》昔、以前は。
8行目　**bier** 現代では「棺台」の意味だが、古語では一般に「運搬台、担架」も意味した。

ソネット第12番

時計の音が時を告げるのをかぞえ
輝く陽がおぞましい夜に沈むのを見るとき
菫の花が美しい盛りをすぎ
黒々とした巻き毛が白髪に覆われて銀色に染まるのを見るとき
高々とそびえる樹木が　葉をなくし
かつては家畜を酷暑から守っていた役を果たせなくなるのを見るとき
そして夏の緑草が束ねられ　括られ
手押し車に乗せられて　つんつんと白髪を突き出しているのを見るとき
そういうとき私は君の美しさに思いをはせこんなことを考える
君もまた時のもたらす荒廃に進み行くほかないのだ
心地よいものも美しいものもいずれは衰え
他の者が育つのを横目に　同じくらいの勢いで死んでいくのだと
　時の神の大鎌に立ち向かうには
　　君が引きさらわれていくまでに子孫をつくるしかないのだ、と

ウィリアム・シェイクスピア（1564〜1616）

　英国の劇作家、詩人。ストラットフォード・アポン・エイヴォン出身。座付き演出家として活躍したと言われるが、伝記的に事実については「ほんとうは××がシェイクスピアだった」といった類の風説も絶えない。『ハムレット』（1601年）、『オセロ』（1604年）、『リア王』（1605年）、『マクベス』（1606年）の四大悲劇をはじめとする多数の劇作品の作者として知られるが、その『ソネット集』も英文学史上に燦然と輝く作品である。

ソネット

13世紀のイタリアで発達した詩形。英語圏への伝来は16世紀、トマス・ワイヤットによる。通常14行からなり、代表的な脚韻のパタンにはペトラルカ式(前半 abbaabba、後半 cdcdcd など)と、シェイクスピア式 (ababcdcdefefgg) とがある。

ソネットはしばしば題材を恋愛にとり、肉体美を超越した精神的な愛(宮廷風恋愛、プラトニック恋愛)を歌うことが多い。英詩での代表といえば、何と言ってもウィリアム・シェイクスピアの『ソネット集』(1609年)。その多くの部分が男性のパトロンに語りかけるという設定で、同性愛の香りを強く漂わせるが、限られた道具立ての中での華麗な言葉の展開は他の作品を圧倒する。

16世紀末頃の英国では、ソネットブームが起こり、多くのソネット連作が書かれた。この時期のものとしてはエドマンド・スペンサー、フィリップ・シドニー、サミュエル・ダニエルなどの作品が有名である。その後もジョン・ミルトン、ジョン・ダン、ジョン・キーツ、ロバート・ブラウニング、ダンテ・ガブリエル・ロセッティ、W・B・イエイツといった詩人がすぐれたソネットを残している。

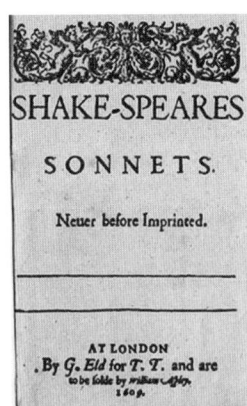

シェイクスピアのソネット集初版

4） シェイクスピアは日本語になるか？

ソネットは便利な器

　ではこんどは英詩とその日本語訳を見てみましょう。作品はご存知ウィリアム・シェイクスピアのソネット第12番です。シェイクスピアの『ソネット集』は全部で154のソネットからなるもので、その中には意味的に明らかに連続している部分もあるし、そうでない部分もあります。また、大部分は詩人のパトロンとなっているらしい男性に向けて語られ、「早く結婚して子孫を増やせ」といったメッセージがあったりしますが、後半、The Dark Ladyと呼ばれる女性に対して語られるソネットもある。

　引用のソネットは、語り手がパトロンの青年に対し、時の流れの過酷さについてイメージ豊かに説き聞かせるというものです。時の流れの早さ、人生のはかなさのテーマは、ルネサンスの当時、かなり流行したもので、『ソネット集』にも同じような主題を扱った作品が多くあります。

　ソネットは14行からなる形式で、ルネサンスの頃はある決まった脚韻の踏み方をする場合がほとんどでした。そのうち、『ソネット集』の中で使われた形式が、のちにシェイクスピア式ソネットと呼ばれるようになります（ただし、必ずしもこれはシェイクスピアが発明したものではありません）。以下にそれを図示してみます。

```
------------a
------------b
------------a
------------b

------------c
------------d
------------c
------------d
```

```
------------e
------------f
------------e
------------f

------------g
------------g
```

つまり1行目がaという音節が終わると、それが3行目でも繰り返される。2行目行末の音節は4行目で繰り返される。引用詩でも〈time（1行目）— prime（3行目）〉、〈night（2行目）— white（4行目）〉という韻が踏まれていますね。このパタンが5〜8行目、9〜12行目で反復されたあと、13〜14行はカプレットと呼ばれる二行連句でおわります。

この形式の特徴は上の図にも示したとおり、韻のセットごとに内容的なまとまりが生まれやすいということです。1〜4行目→5〜8行目→9〜12行目という風に三つの等価のユニットがソネットを構成し、最後のカプレットがそれに落ちをつけるというパタンになることが多いわけです。

ということはソネットにおいてはそもそも詩がはじまる前に4行→4行→4行→2行という骨組みだけが提供されていて、そういう器に物語をどう乗せていくかが勝負になる。形式とのバランスを意識したゲームのような要素が出てくるということです。ただし、そうしてはじめからセットされている4, 4, 4, 2の枠組みをあえて踏み外すことで効果を生むという場合もありうるわけですが。

なぜWhenを繰り返すのか？

さて引用したソネットですが、セミコロンやコンマを挟みつつも全部でひとつの長いセンテンスになっています。もちろんこうしたパンクチュエーションはあとから編者が現代風にアレンジしたものですが、少なくとも全体として〈When..., Then...〉「……すると……になる」という構文になっていることは間違いないでしょう。When節にあた

るのが前半8行。後半6行がThen節となります。ソネットのように短い詩の形式では、こうしてひとつの構文で全体をまとめるということが多いのです。この枠組みに沿って全体を要約すると、「時があらゆるものをあっという間に朽ちさせるのを見るにつけ、私にはあなた個人の美もまた失われるのが想像され、子孫をつくることの大事さが感じられる」というような内容になるでしょうか。

　語りの枠組みがこのようにしっかりしていると、日本語に訳すのにさほどの困難はないと思えるかもしれません。「……すると……になる」という構文もとくに非日本語的な発想ではないので、いびつな訳語になることもなさそうです。ただ、ひとつ明らかに目につく問題は、前半部でWhen ... という節が何度も繰り返されているということです。前半の8行は全体として When による大きな従属節を構成しているわけですが、それが小さな When 節の並列からなっていて、区切りも最初に触れた韻の踏み方に沿う形になっています。

> When I do count the clock that tells the time,
> And see the brave day sunk in hideous night;
> 　　　　　　↓ ↑
> When I behold the violet past prime,
> And sable curls all silvered o'er with white;
> 　　　　　　↓ ↓ ↑ ↑
> When lofty trees I see barren of leaves,
> Which erst from heat did canopy the herd,
> 　　　　　　↓ ↑
> And summer's green, all girded up in sheaves,
> Borne on the bier with white and bristly beard;

最初の4行ではまず時計の音が、それから菫と黒髪の変貌が語られます。それぞれ2行ずつの When 節で、これらが対になってワンセットになっている。つぎの4行では樹木や野原が持ち出され、When が出てくるのは一回ですが、かわりに And によって結ばれることでや

はり 2 行ずつの対ができている。

ソネットのやさしさ

　原詩では When の反復はいくつかの重要な役割を果たしています。まず言えるのは、最初の When 節が否定的なことを語るので、次の When 節でも同じく否定が積み重ねられるのだろうな、そしてそれを Then 節が迎え撃つのだろうな、というような予想がされるということです。そもそも When... という言い回しがくると、あとに Then がつづく期待感は醸成されやすいわけですが、引用例のように When...; When...; When... と蓄積しながら緊張が高まっていくような連ね方がされるおかげで、ソネットが When 構文に依存していることがはっきりし、先行きの見えやすい語りとなる。語られる風景は violet, sable, silver, green, white と色彩感に満ちた描写からなっていて、シーンからシーンへとカメラが移っていくようなめくるめく感じもありますが、それはあくまで道筋を規定された視点の転換であり、唐突さや意外性はなく、物語的安心感に支えられた流麗な展開になっています。

　これを予定調和と呼ぶこともできるでしょう。実際、ソネットの美点のひとつは、行き先の見えてしまうような語りの、その安定感を最大限に利用する形で、いわば「やさしい」語りをすることにあります。大陸からイングランドに輸入されたソネット形式の中心テーマは、男性が位の高い女性に求愛し忠誠を誓うという、いわゆる「宮廷風恋愛（courtly love）」でした。びっくりさせたり、命令したり、奈落の底に突き落としたりするのではなく、褒めたたえ、喜ばせ、快楽を与えるのがソネットという形式の特徴だったのです。

　ソネットが 1580 年代のイングランドで流行したのは、実際にエリザベス女王という君主が国を統治していたため、詩を書くような知識層にとって、位の高い女性に忠誠を誓うという設定にリアリティがあったためだとも言われています。1609 年に出版されたシェイクスピアの『ソネット集』は、ソネット流行期に書かれたものとはいろいろな

点でひと味違っていますが、このソネットをはじめとして、物語的な安心感に基づいた流麗で「やさしい」語りを用いる作品が数多く含まれていることは疑いありません。

ソネットの冷酷さ

　ただ、このあたりがさすがシェイクスピアというべきかもしれませんが、このソネットで When の反復が生み出すもうひとつの重要な効果は、そうした流麗さに微妙なひねりが加えられるということです。流麗で波乱のない語りは安定走行を約束しますが、これは別の見方をすると、一定の速度ですべてがどんどん進んでいく、つまり動かしようのない、妥協のない無慈悲な流れが暗示されるということでもあるのです。一行目で When I do count the clock that tells the time とあるように、この作品のテーマは時の流れの冷酷さであり、それを語り手は時計が一定速度で時を刻んでいく音になぞらえているわけです。ということは、When ... When ... When ... という反復は、過酷さの象徴としての時の正確な進行と響き合っているともいえます。ピクチャレスクな流麗さと表裏をなす形で、絶え間なく進行していく時がじわじわと老いを、そして死を用意する、その穏やかな不安感のようなものも表現されているのです。

　この不安感は、語りがThen ... 節に進んだ段階で解消されます。「だから……」というニュアンスを持つ Then 以下の部分では、前半 8 行のような幾何学的でシメトリカルな反復性は消え、と同時にそれまで響いていた一定速度の時計の音も聞こえなくなります。かわりに Since ... 「……なので」とか、Save ... 「……という場合をのぞけば」という風に、中心となる節に後付け的に接続して、やや控えめに留保なり条件なりが加えられるというパタンになっています。この変化を図示すると以下のようになるでしょうか。

```
When ---
When ---
    ↓
--- since ～
--- save  ～
```

Whenを用いる節は、最初の段階で、その後の構文的展開を規定・束縛します。それに対しsinceやsaveに導かれる途中からの説明追加には、そうした縛りのない、かすかに偶発性さえ伴う「緩さ」のようなものが感じられないでしょうか。後半で進行速度の一定性が崩れるのはそのためです。こうして前半8行と後半6行の間にはっきり構造とトーンの違いが生まれ、ソネットの複層的な枠組みがうまく機能することになります。つまり、全体としてはWhen... Then...という構文に依存して、わかりやすい流麗さを生み出しつつ、それと平行して、前半の過酷な一定速度が、後半のやや緩い留保可能性によってほどかれ、甘く落着するというコントラストも作られているのです。

日本語になったシェイクスピア

さて、では原文について確認したことについて、こんどはこちらで用意した日本語訳と比較してみましょう。前のセクションとの関連で考えると、すぐにいくつかの翻訳上の困難が思い浮かんできそうですね。まず、すでに朔太郎の詩の英語訳でも問題にしたように、英語ではある程度ふつうである反復というものが、日本語ではひどくことごとしく、しつこく聞こえてしまう。

訳例ではそのあたり、英語に忠実に「……を見るとき」という句は繰り返していますが、どうしてもこの反復が英語のときに持っていたいくつかの要素、たとえば物語の道筋をつける先導性とか、緊張感の蓄積とか、一定速度の暗示といったものは失われてしまうようです。かわりに、語の余剰感（redundancy）から生まれる、感傷的な溜息のようなものが残る。

これは、たとえ訳文がある程度日本語としてこなれていても、目につく問題でしょう。日本語としてなめらかであればあるほど、英語原文の持っていた効果からは遠ざかりやすい。日本語においては文や語句の反復・羅列は、英語のように流麗で雄弁なリズムを生み出しにくく、それをあえて原文に忠実に訳出しようとすると、日本語における反復が持ちやすい、余韻を伴うセンチメンタリズムを響かせることになる。構造上「……を見るとき」という部分が行末に来ざるをえないということとも、これはからんでいるのでしょう。日本語では末尾のキーワードはどうしても、歯切れの良い構築性よりも、やさしい落着感を漂わせる。

主語「私」の行方

　もうひとつの大きな問題は主語です。英語では繰り返されるのは When だけではなく、When I do count, When I behold, When . . . I see といった I を軸にした主節そのものであり、つまり I が行為の主体であること自体がクローズアップされているわけです。日本語ではふつう、しつこく主語を繰り返したりしない。訳文でも主語は省略されていて、9 行目になってはじめて「私」という形で登場します。おかげで日本語の流れとしては一応なめらかなのですが、こうなると原文がもっていた I . . . count, I behold, I see といった「私が」という能動性は、どちらかというと非人称的で誰のものでもないような、主体性のかすんだ感慨として提示されることになります。

　原文の 9 行目では Then of thy beauty do I question make と、「君」にあたる部分が「私が」にドラマチックに取って代わることが、倒置された語順によっても表されるのですが、日本語訳にあたる部分では「そういうとき私は君の美しさに思いをはせ、こんなことを考える」という風に「君」が「私」の内面に従属する。しかもその「私」は、1～8 行目で感慨に耽っていた「私」とつながるようでもあり、つながらないようでもある曖昧な関係となっています。何となくここには別の詩があるような感じがするかもしれません。

また、先ほどソネットは恋愛を扱うことが多かったと言いましたが、シェイクスピアの『ソネット集』の最大の特質は、同じ恋愛でもそれが男から女に向けたものではなく、男から男に向けた感情として表現されているという点です。当然ながらこうした設定は語り手のホモセクシュアリティを連想させます。

　では、性＝ジェンダーの境目にいるようなこの語り手Ｉには、どのような訳語がふさわしいのでしょうか。英語においては曖昧にすますことができたこの問題が、日本語訳となると急に大きな課題として浮上してきます。今回の拙訳では「私」という最もニュートラルな語を使っていますが、ただ、それを補うように全体に平仮名や和語など、どちらかというとはんなりとして女性的かつ柔和な言葉遣いも混ぜてあります。

　主語をめぐるこのような配慮が必要になるというあたり、ちょうど朔太郎の「わたし」が無条件にＩになってしまうのとは逆の問題が生じているわけですね。そうした大和言葉的な言葉遣いはおそらく、訳文全体のトーンをたおやかなものにする。つまり、語り手のジェンダーと、語りのスタイルとが英語以上に一枚岩となる。ここにも訳文が原文から自立せざるを得ない事情がかいま見えるのではないでしょうか。

「っぽさ」に立ち戻りつつ

　よく知られているように、英語では、どちらかというと抽象的な事柄を表して音節数も多いラテン語系の言葉（meditation など）と、日常的な事柄を表して音節数も少ないゲルマン語系の言葉（dog など）があります。こうした対立が、日本語にもともとある和語と漢語の対立と必ずしもパラレルではないだけに、翻訳では微妙な判断を迫られることが多いわけです。

　ほかにも訳文の方が、日本語独自の事情によって処理しなければならない事柄は多々生じてくるはずですが、そのあたり、原文と訳文をひき比べることで、それぞれの事情をその言語の持っている他者性の表出として読みとっていくのが大事になってくるでしょう。

この章では日英からひとつずつ作品をとりあげ、翻訳という作業の中でそれらの作品のどのような肌触りが明るみになるか、という点について見てきました。かなり散文的・説明的にやってきたので、「詩の持っている微妙なニュアンスを強引に裁断している」といったご批判も出るかも知れません。たしかに「ニュアンス」や「トーン」といったものを、そこにレッテルを貼り付けないですむ程度に野放しにしたうえで、緩く捕獲するといったやり方が、私も大切だと思っています。「っぽい」という言い方を最近の若い人はよくしますが、まさに「っぽさ」のまま読んでおくのは大切でしょう。感覚を感覚として生のままとらえたい。頭でっかちの読み方にならないよう、説明を読んだあとはぜひ原文に戻って「議論」の垢を洗い落としてください。

　ここでとりあげた朔太郎の「わたし」や「……みた」という語尾、シェイクスピアの When の並列や主語性といった問題も、あくまで作品の中の力学が生み出した現象ですので、その現場性のようなものを捕らえるべく、まるで初読であるかのようにテクストに立ち向かう手間をいとわないでいただければ幸いです。このあとの章では、フォーカスは英詩そのものにあて、訳文はあくまで参考として添えるだけにし、いちいち日本語・英語の問題に還元することはしませんが、読むときにはぜひ、英語が英語として発散する異質さを見失わないように、じっくりとそのわかりにくさ、日本語話者から見たときの「不自然さ」を浴びていただければと思います。

第1章

英詩は嬉しい

ワーズワス / ホイットマン / シェリー

1) 元気すぎる詩人ワーズワス

英詩の「感動」は困りもの

 「英詩を読んでみたけど、なんかぴんとこないなあ」とそんな感想をよく聞きます。「何を、どう読んだらいいんだろう」と途方に暮れる人が多い。わからないわけではないのです。英語は読める。あるいは訳文で読んで、その意味はわかった。「だけど、それで？」と言う。実は私自身そんな感想を持つことがしばしばありました。

 その最大の原因は、英詩の場合、感動することを強要されるからかもしれません。たとえば小説なら、「さあ、ともかく話を聞いてみてください」というような語りの設定になっていて、こちらも「そう言うなら聞いてみましょう」という風に耳を傾けることができる。別に無理して感動しなくても、そこには殺人事件とか、結婚とか、万引きとか、宝探しとか、「へええ」と言えるような興味の芯みたいなものがあるのです。おかげで、自分が何でこのストーリーを読んでいるのかをある程度自覚しながら読める。最後には「というわけで、こういうことがありました」としっかりフィニッシュの感覚もある。

 ところが英詩ときたら、そんな手続きはほどんどなし。いきなり語り手が絶叫していたりする。勝手に怒っていたり、嘆いていたり。何より一番たちが悪いのは、勝手に喜んでいる場合です。怒りや嘆きには理由があることが多い。でも、喜んでいる人の気持ちはどうもわからない。この勝手な喜びとどうつき合っていいのか。「何で自分はこの詩を読んでいるんだろう？」という気になってくるわけです。

 喜びや感動はたぶん英詩の最大の難関です。私もずっと困惑してきました。こちらの都合にはお構いなしに、詩の側が勝手に喜び、興奮し、感動してしまっている。おいていかれてしまうのです。なぜ英詩はあんなに嬉しいのだろう？ あの嬉しさをどう読んだらいいのだろう？

 この章ではそんな疑問について、私なりに得た答えを示してみたいと思います。

ウィリアム・ワーズワス (1770〜1850)

　英国の詩人。コールリッジとともに刊行した『抒情民謡集』(1798年)はロマン派文学の記念碑的作品となる。とくにその序文で述べられる詩の作法は、近代文学の新しい流れを告げるものだった。平易な言葉遣い、自然の賛美、幼年期への郷愁、貧しい人々への共感、闇の力への畏怖など、ワーズワス詩の特徴は多岐に渡るが、瞑想的な傾向がとりわけ強い。自然を前にして人間が受ける感覚的な印象を、いかに形而上学的な想像力を駆使して言葉にしているかを注意して読みたい。

　カンブリアに生まれたワーズワスにとって、湖水地方の自然風景は終生詩的創造の源であった。幼い頃に両親を失い、最愛の妹ドロシーとも離ればなれになるが、成人後に再会。兄妹の関係はたいへん深いものとなり、詩の素材にも使われる。

　代表作は「幼少時の回想から受ける霊魂不滅の啓示」(いわゆる 'Immortality Ode')、「ルーシー詩篇」「ティンターン修道院上流数マイルの地で——1798年7月13日、ワイ河畔再訪に際し創作」などの他、本書でも取り上げた自伝的大作『序曲』(1805年版、および1850年版)がある。

ウィリアム・ワーズワス

from William Wordsworth, *The Prelude* (1805)

Oh there is blessing in this gentle breeze
That blows from the green fields and from the clouds
And from the sky: it beats against my cheek
And seems half-conscious of the joy it gives.
O welcome messenger, O welcome friend!
A Captive greets thee, coming from a house
Of bondage, from yon city's walls set free,
A prison where he hath been long immured.
Now I am free, enfranchis'd and at large,
May fix my habitation where I will.

6行目　**thee**　you の古形 thou の目的格。
8行目　**hath**　《古語・詩語》have の直説法三人称単数現在形。

「いよいよこれからだ」の語り方

　ここで引用するのは、ロマン派の詩人ウィリアム・ワーズワスの『序曲』という長編詩の出だしの部分です。『序曲』は自伝詩と言われる作品で、幼児期から思春期、青年期へと詩人の生涯をさまざまなエピソードを連ねながらたどっていくという体裁をとっています。タイトルが序曲 (prelude) とされたのは、このあとに本格的な哲学詩がつづく予定だったからです。引用部は全体のはじまりにあたって語り手が所信表明のようなことをする、そのほんの触りの部分ですが、「いよいよこれからだ」という期待感が充満しているのがわかるかと思います。

　ロマン派の詩を読むと、多くの人が「どうしてこの語り手はこんなに興奮しているのだろう？」という疑問を持ちます。やけにはりきっている、元気満々すぎてどうもついて行けない、と思う。この詩もいきなり Oh という感嘆の言葉ではじまっていますね。そして2行目か

英詩は嬉しい

ウィリアム・ワーズワス『序曲』より

ああ　このおだやかな風は祝福する
緑の野原から　雲から
空から吹いてくる風——私の頬をなぜる
まるで自分がどんな喜びを与えるのか半ばわかっているみたいに
ありがたい使者よ　嬉しい友よ！
捕らわれていた者がお前に挨拶する　奴隷
の館から来たのだ　あの町の壁から解放されたのだ
長いあいだ閉じこめられていた牢獄から自由になったのだ
ぼくは今　自由の身　　釈放され　もう束縛はない
自分の居場所を自分で決めることができる

ら3行目にかけての That blows from the green fields and from the clouds / And from the sky というあたり、and の使い方に注意してみてください。英語ではふつう and で名詞をつなげるときは A, B and C というような言い方をします。ところがここでは A and B and C となっている。これは語り手が「ほら、ここからも、あそこからも、あっちからも」と目が回るような気分で風を浴びている、その恍惚感を表しています。A, B, C という三つの要素をきちんと整理しないで、まるで出てくるそばから指さすような行き当たりばったりさが、語り手の落ち着きなく喜んでいる様子を表しているわけです。

呼びかけとエゴ

その次の O welcome messenger, O welcome friend! のところも注意が必要です。ここも O ではじまって感嘆符まであるのですが、たった今三人称で言及していた風に、急に二人称で語りかけるのは、酔っぱらって気分がよくなった人が「おい、タダシ、おまえな」などとたまたま飲み屋で隣り合わせた人に語りかけてしまうような、一方的に喜悦を押しつけるさまを思わせもしますね。

もちろん英語の会話では、相手の名前を呼びながら話すことが日本語よりも多いようですが、それにしてもここは語りかけが感情の高ぶりと結びついている。こうしたジェスチャーをとるのはロマン派の詩ではよくあることで、場合によっては今まで話題に出てこなかった人に急に話しかけるなんてことさえあります。ちょっと傍若無人な印象があるかもしれません。自分を中心に世界を回してしまう、世界全体を自分の暴風圏に巻き込んで、語りかける相手として見立ててしまう、そんな強引さがよく見られます。

Now はいつ？

　つづいて9行目のところ、Now I am free とあります。Nowとはいったい「いつ」のことでしょう？　私たちにはわかりようがありません。Now というのは、×年×月×日と時間軸の上に書きこまれるような客観的な「とき」ではなく、あくまで語り手にとって存在する時間にすぎません。もちろん記録を調べれば、それがどの「とき」だったのかを実証することは可能かもしれません。でも私たちが読むべきなのはむしろ、こうして語り手がNowという言い方をしている、その「今」の持っている特別さなのです。そうすることで私たちはその「とき」を生きているらしい、語り手の生そのものと向き合うことになる。

　こう考えてくると、Now のあとに I am free という言葉がつづくのはおもしろいですね。I am free と続くことで、Now という語にそもそも含まれているI am freeの感覚が増幅されるようではありませんか？ Now と言って、自分自身の存在する時の一点を堂々と特別視してはばからない語り手は、たしかに I am free と宣言してもおかしくない、つまり自分について I am free という認識を持ってしまうだけのすがすがしい楽観性を持つような人なんだろうなあ、と思ってしまう。I am free とは、実際に free であるかどうかにかかわらず、こうして Now とか、I am free と言えてしまう、その能力のことなのかもしれません。

　こうした free の感覚はたとえば6行目から7行目にかけて a Captive だった自分が解放されたと語る部分で（from a house of bondage）、それを from yon city's walls set free と言い換え、さらに a prison where he hath been long immured と引き継ぐあたりの羅列にも反映されています。前の部分をきっちり言い換えるのではなく、言い換えつつも少しずつ話題の範囲がずらされていく。英語としては当たり前のそんなレトリックが、free というテーマのあるために、まるで語り手が a house of bondage, yon city's walls, a prison といった何重もの拘束から一気に逃れたようなドラマチックな開放感にむすびつきます。これは house → walls → prison といった順番が必ずしも映像的・概念的になめらかではなく、むしろいきなり現れた prison という語の強い響きにこちらがどきっとさせられたりするだけに余計効果的かもしれません。

間違っていませんか？

　さて、これだけの部分から語り手のかなり強烈なキャラクターが読みとれたかと思います。嬉しそうで、力にあふれていて、おおげさで、でもどうしてそうなのかは良くわからない。つまり、どこか無根拠な感じもする。続く部分では語り手は次のようなセリフさえ吐きます。I look about, and should the guide I chuse / Be nothing better than a wandering cloud / I cannot miss my way.（ぼくはあたりを見回す　たとえぼくを導くのが / 空にあてどなく漂う一片の雲にすぎないとしても / ぼくは決して道を誤ることはないのだ）「誤ることはないのだ」と確信しているのだけど、そんなこと言ったって間違えるかもしれないじゃないですか？　とこっちが口を挟みたくなる。まったく根拠がないのです。たしかに解放はされたのかもしれない、だけどそれにしては喜びすぎているような。あるいは自分の喜びばかりにのめり込んでいるような。喜びを理解してもらうことには無頓着なような。

> Nay more, if I may trust myself, this hour
> Hath brought a gift that consecrates my joy;
> For I, methought, while the sweet breath of Heaven
> Was blowing on my body, felt within
> A corresponding mild creative breeze,
> A vital breeze which travell'd gently on
> O'er things which it had made, and is become
> A tempest, a redundant energy,
> Vexing its own creation.

1行目 **trust myself** 「もしぼくが自分の感覚を信じ、そのままそれを口にするなら」という意味合い。自分の知覚や感覚が、まるで天からの授かりもののようにすばらしいものとして感じられ、創作がまるで外からの力によってなされるかのような感覚をうたっている。

3行目 **methought** 《古語》methinks「…と（私には）思われる」の過去形。

2) 風の嬉しさ

風の音色

　そもそも語り手の喜びは微風をあびることの官能性に発しているということをここで思い出しておきましょう。breeze という語の [iː] と伸びる音が、短いスペースのあちこちで何度も繰り返されて（green, fields, beats, cheek, seems, greets, thee, free など。どれも単音節語で breeze と形が似ていることにも注意）、まるで風の滑らかな運動が言葉に乗り移ったようにも聞こえます。

　風という目にみえないもの、breeze というくらいだから強すぎない心地よいレベルの、しかしあくまで自然界に属する外なる力。それにゆったりとなぶられつつ同化するという受け身の快楽が、この部分の喜悦のおおもとにはあるのです。一見、元気で力強い語り手ですが、揺りかごで揺られる幼児のような無邪気さと無力さもある。

いやそれだけではない　自分を信じて言うなら　今
ぼくの喜びを清める賜物がもたらされたのだ
というのも　天の心地よい風が
ぼくの身体に吹きつけている間　ぼくは心の中で感じたから
その風と同じような穏やかで創造力に富んだ微風が吹くのを
生命の風が　ゆるやかに
それがつくったものの上を吹きすぎ
嵐にまでなったのだ　力の横溢だ
自分のつくったものをさえ困らせるような激しい力だ

風は詩を呼ぶ？

　でもなぜ風なのでしょうか？　詩の少し先の部分を読むと、このそよ風が詩人の心の中に今ひとつの風を呼び起こし、ひいては想像力の解放をもたらすのだということがわかります。そこでは breeze はもはや穏やかなものではなく、嵐のように激しいエネルギーを持つようにもなります。

　つまり語り手の浴びる微風は、これから語られるべき詩の予兆だったのです。と同時にそれは語り手自身の中からわき起こる力の兆しでもある。こうして詩は「力の隠喩」をとおして語られるとともに、その力が喜びという明白すぎるほど肯定的な感情に根拠を持つことになる。

喜びを喜ぶこと

　ワーズワスの詩には joy とか delight とか pleasure といった喜びを表す言葉があふれていますが、そうした感情は、自分には詩があるのだ、自分は詩が書けるのだ、という語り手の確信と直に結びついています。ワーズワスにとって、自分が詩人たりうることと、自分が嬉しいこととはほとんど同義なのかもしれません。ただ、ちょうど風になぶられる心地よさが根本的に受け身であり、刹那的で、自分の力ではどうにもならない不安を抱えているのと同じで、ワーズワスの喜びも

あくまで天から偶然授かった賜物のような、はかなさを暗示しています。だからこそ喜びに喜ぶことができる、とも言えるのです。

『序曲』のこの部分をとりあげるのは、それがワーズワスという詩人の詩の書き方をよく表しているからだけではなく、ロマン派をはじめとする多くの英語詩にある強引さと、その裏に伴う弱さとをともに表していると思えるからです。英語の詩を読み慣れない人にとっては、まずこの強引で激しい部分についていけない感じがしてしまうかもしれません。確かにここは難関です。ワーズワスは英語圏では非常に評価の高い詩人ですが、日本語話者にとってはなかなか親しみにくい。どうもこの元気な語り口に、とくに自分は元気なのだと言い張っているようなくどさに、違和感を感じてしまう。日本語で「詩」というと、明治以来フランス系の象徴詩がその翻訳を通して体現してきたしっとりとやさしい、意味の薄い、ぼんやりとしたムードを期待する人が多いせいかもしれません。「詩人とはもっと控えめな人だったのでは？」と思ってしまう。

ワーズワスがぴんと来ない人のために

では、どうしたらいいのか？

たとえば今の部分でいうと、もしこの引用部が今ひとつ乗れない、ぴんとこないと感ずるなら、それを受け入れた上で、たとえば [iː] の音に耳を澄ませてください。breeze という音で表される「そよ風」が行から行へと行き渡っている感覚を意識してみてください。すると、[iː] にかぎらず、ワーズワスの詩の言葉が持っている、おいしい水みたいになめらかで、しかし、喉からきゅっと差しこんでくる圧のようなものを感じるはずです。

とくに A corresponding mild creative breeze という行。修飾語がたくさん連なって重いから、何かたいそうなことを「えい！」と言おうとしているんだなと感じさせつつ、それでもなお前へと水が流れ落ちていくような静かな勢いがありますね。これは mild というおとなしい語をはさんで、corresponding や creative など、元にある動詞（correspond, create）を連想させる運動性に富んだダイナミックな語が続いているからかもしれません。静と動の鮮やかなコンビネーションです。mild や breeze の心地よい脱力感とともに、「これから何かが起こるぞ」という動きの予感も仄めかされ、さあ、どうだ、と先にたっていくような力強い牽引力を感じさせます。

　ほかにも意識するべきことはありますね。Oh が使われている、しかもそれが三つ使われているということ。さらに先ほど指摘したいくつかの特徴、たとえば and の使い方が A, B and C ではなく、A and B and C になっているということ。「ここは A and B and C なのだ」と思いながら読んでみてください。ここは呼びかけているな、ここは Now なんて言ってるな、ここは同格だ、ここでは I am free なんて宣言してる、どうしてそんなことわざわざ言うのだろう？ ……そんな具合にいちいちスタイル上の特徴に引っかかりながら、場合によっては違和感を持ってもいいですから、同時に受け入れてあげる努力をする。読む、とはそういうことなのです。

読書とは不幸なものなのか？

　他人の嬉しさにつき合ってあげるのはなかなか難しいものです。人間は他人の不幸にはよく反応すると言われます。電車の中吊り広告に踊る週刊誌の見出しも、幸福よりは不幸に満ちていますね。不幸の方がセンセーショナルで目立つし、そもそも見る、読む、という読者の側の傍観的な体勢はその停滞感において根元的な不幸を隠し持っているのかもしれません。だから不幸には共感しやすい。そもそも詩は悲しみを書くものだと誤解している人は結構多くないですか？　詩を書いたり読んだりすることは、実人生で敗れた人の敗者復活戦であるというような先入観がありませんか？

　しかし嬉しさを書ききっている詩は、もしそれにうまくつき合うことができたなら、かなり遠くまで私たちをトリップさせてくれます。あるいは、読者自身がじっさいに嬉しい必要があるのかもしれない、少なくとも嬉しさのストックを持っていなければならないのかもしれ

ない、詩はそこまで要求できます。しかしストックがなくとも、嬉しさを模倣し体験することはできる。言葉があるからです。嬉しさを表現する言葉は、嬉しさの「方法」を提示してくれているのです。それが外国語で書かれていれば、その特徴は余計に目につくはずです。そして、そうやってワーズワスの喜悦を模倣し体感することができたなら、その奥にある切なさや危うさや不安をも感じ取ることができるでしょう。

ウォルト・ホイットマン（1819〜92）

　米国の詩人。ニューヨークのロングアイランドに生まれる。家は大工兼農家で貧しかった。正規の教育はほどんど受けておらず、印刷工、学校教員などの職を転々とした後、政治に関心を深め、民主党系のジャーナリストとなる。ラルフ・ウォルドー・エマソンを尊敬し、ジャーナリストをやめた後は、詩の力で世界を変えていこうという野心を持つようになった。1855年、『草の葉』を自費出版。ホイットマンの詩集は生涯これだけだが、12篇の作品からなる初版の後、版を重ねるごとにつぎつぎに作品を加え、最終的には9版を数える。代表作は本書でも取り上げた「ぼく自身の歌」の他、「カラマス」、「ブルックリンの渡しを渡る」。またリンカーンの死を悼んだエレジー「先頃ライラックが前庭に咲いたとき」はとりわけ美しい。

　ホイットマンの詩は、伝統的な詩形をまったく無視し、独自のリズムに拠っているという点で、20世紀の自由詩の先駆けだと言える。内容的にも、特に性的なことを思い切っていうあけすけさ(同性愛がタブー視された当時の米国で、あからさまに同性愛を語るのは相当なこと)は、形式とパラレルになった言葉の「自由」を感じさせる。ホイットマンは何をどう語るかだけでなく、何を語るかの常識をも覆し、20世紀のほとんどすべてのアメリカ詩人に強力な影響を与えたと言える。

Walt Whitman, 'Song of Myself' 24（1855）

Walt Whitman, a Kosmos, of mighty Manhattan the son,
Turbulent, fleshy, sensual, eating, drinking and breeding;
No sentimentalist, no stander above men and women or apart from
    them,
No more modest than immodest.

Unscrew the locks from the doors!
Unscrew the doors themselves from their jambs!

Whoever degrades another degrades me,
And whatever is done or said returns at last to me.

Through me the afflatus surging and surging, through me the current and index.

I speak the pass-word primeval, I give the sign of democracy,
By God! I will accept nothing which all cannot have their counterpart of on the same terms.

10行目　**primeval**　一般に英語では形容詞は前置されるが、ときには後置されることもある。これは、リズムの問題であったり、ラテニズム（ラテン語趣味。ラテン語は格変化があり、形容詞をどこに置いてもどの名詞にかかるかわかりやすいため、比較的自由な場所におけるので、後置されることも多く、それを真似ている）であったりする。また、形容詞をたくさん連ねたい場合、前置すると頭でっかちになるので、後置し、名詞のように同格羅列するといったこともある。この箇所の後置については、primevalという語がラテン語語源であり、それほど英語化してもいない

英詩は嬉しい

ウォルト・ホイットマン「ぼく自身の歌」24番

ウォルト・ホイットマン　完結した宇宙　力強いマンハッタンの息子
暴れ者で　肉付きがよく　みだらで　食べ　飲み　そして繁殖させる
感傷とは無縁　男と女とに関わらず見下したりしない　距離をおいたりしない
控えめでもなく　厚かましくもなく

扉の錠前をはずせ
扉そのものを取り除いてしまえ

ほかの誰かを貶めても ぼくを貶めたことになる
なされたことも口にされた言葉もいずれぼくに返ってくる

ぼくの中で霊感が満ちてくる——その潮流、水位がぼくには感じられる

ぼくは原初の合言葉を口にする——ぼくは民主主義の印を示す
誓ってもいい、ぼくはみなが同じく手にすることのできないものは受け取らない

ので、後置にすることで、その気取った難しげな感じを伝えたかったということもあるかもしれないし、次の sign of democracy ともあいまって、the pass-word is primeval という風に primeval を叙述用法的なニュアンスをこめて使い、copular（be 動詞的）で定義的な感覚を伝えたかったということもあるかもしれない。この作品を含めて、ホイットマンの詩は全体に羅列的な傾向が強いので、形容詞が後置されて連ねられることもよくある。

3) ホイットマンの壮絶なる嬉しさ

乱暴なる嬉しさ

　もうひとつ英詩の嬉しさの典型的な例を見てみましょう。こんどはアメリカの詩人ウォルト・ホイットマンの「ぼく自身の歌」第 24 番です。タイトルの通り、「ぼく」がテーマになっています。ワーズワスよりも時代的にちょっと後の人ですが、読んでみればわかるように、ワーズワスにあった行儀の良さのまったくない、とてつもなくワイルドな詩を書きます。

　さてどうでしょう？

　ワーズワスのときにもその元気さに注目しましたが、ホイットマンになると、単に元気とか嬉しいとかいうよりは、「この人、頭が変なのではないか？」と思わせるくらいの壮絶さがありますね。Walt Whitman, a Kosmos, of mighty Manhattan the son なんて恥ずかしげもなく言ってしまえる誇大妄想性。Walt Whitman という固有名詞が行の頭に来て、しかもそれが実名なんですね。アイロニーも何もない、そのままだ、というわけです。

身体で語る絶叫

　ただ、嬉しさを表現する仕掛けがわりに細かく精妙だったワーズワスと違い、ホイットマンのこうした絶叫調は、意外とその演出につきあってあげるのが難しくないかも知れません。それほど注意深くならなくとも、たとえば次のような特徴はすぐ目につくでしょう。箇条書きにしてみると、

1) 　たん、たん、たんと短い言葉を並列することが多い（Turbulent, fleshy, sensual, eating, drinking and breeding）。
2) 　意味のユニットも短くてどんどん話題が移る（sentimentalist → modest → degrading → afflatus）。
3) 　連のまとまりも小さい。

ウォルト・ホイットマン

   4)　単純な繰り返しを使う（Unscrew the locks . . . / Unscrew the doors themselves . . .）。

こうした特徴から言えるのは、この語り手がひとつのテーマをしつこく掘り下げたり、論理的に何かを説明しようとしたりするのではないということです。むしろ、異なったものを次々にならべていくことに熱心で、そのため語りが、まるでランニングのかけ声のように威勢が良く、こだわりがなくて気まぐれに聞こえます。頭で語るのではなく、身体で語るような詩とでもいうのでしょうか。

頭を繰り返すのはなぜ？

　しかし単に勢いが良いとか行き当たりばったりというだけではなく、「ぼく」の我のようなものが鮮明に表れているのも事実です。もう一度、行の頭を見てみましょう。

> No sentimentalist . . . / No more modest . . .
> Unscrew the locks . . . / Unscrew the doors . . .
> Whoever degrades me . . . / And whatever is done or said . . .
> I speak the pass-word primeval / By God! I will accept nothing . . .

今触れたように、繰り返しが多用されているのが確認できますね。この反復がいずれも行の頭の部分で発生しているということに注意して

ください。こうやって頭の部分で繰り返すと、言葉の軸が自然と文や節の前方にくることになります。繰り返すことで二拍子のリズムが生まれるのももちろん大事ですが、それ以上に、ポイントとなることが文や行の出だしで言われてしまっている、それが反復を通して印象づけられているといったことがここでは重要なのです。(Through me the afflatus surging and surging というような前方移動強調型の倒置が起きるのも、その一環だと言えます。)

　英語で頭の部分に重心がある構文の作り方というと、そう、命令文とか祈願文が思い出されますね。「……しろ」とか「……になれ」といったものです。つまり、実際に命令文の形をとるととらないとに関わらず、こうして前方に重心がくると、どの行も命令文的になるのです。ゆったり構えて叙述するというよりは、まず自分の言葉の発端に注意をひき、それをきっかけに勢いこんで積極的に働きかける。それが命令文的ということでしょう。どうも命令するべき相手がいるらしい。誰かに一生懸命語りかけるような調子が鮮明となっています。

「これだけでは終わらないぞ」の詩

　言葉の力を通して、言葉の外の世界に影響を与えようとすること。それを実践性といってもいいのかもしれないし、政治性といってもいいのかもしれませんが、とにかく、この詩は言葉であるだけではおわらないぞ、実際に何かを行うのだ、という決意が読みとれますね。でも同時に、言葉にできるのは所詮命令することだけでもある。だから本当に事がなされるかどうかには責任は持てない。行や文の尻尾が、何となく頭よりも勢いがない印象をうけるのは、そのためかもしれません。出だしの勢いで読ませるけど、後半に行くに従ってやや失速する。言葉と現実世界との関わり方を象徴するような力学でもあります。

4)　ホイットマンの過剰な「ぼく」

「ぼく」って誰？

　ホイットマンの詩は言葉の音量が非常に大きいので、耳を澄ますま

でもなく自然と向こうからずしん、ずしん、と直に響いてくると思えるかもしれません。ここまでくると、語り手の個人的なキャラクターや体臭を感じるという次元を越えて、誰のものでもない「声」のリズムが聞こえてくるようでもあります。

あくまで個人の声という体裁はとっているし、内容的にもアメリカ的民主主義の根幹にある個という理念が大切にされているのですが、どうもこの個ははじめから表現され流通されるためにつくられたレディメードの個なのではないか？　という気もしてくる。これを一歩進めると、20世紀以降、主にポップミュージックなどを通して広く出回るようになった「ポップな個」というものにつながってきそうです。「ぼくはね……」という風に唄いながら、その「ぼく」は誰でもありうるような無個性さを備えている。

「ぼく」についてはお任せします

無個性な個というのは、矛盾のようにも聞こえるかもしれません。でも、この詩に出てくる「ぼく」以外の個も、同じようにどこか根のない浮遊性、誰にでもまとわれてしまうような交換可能性を持っています。the afflatus とか the pass-word primeval といった、殺し文句とも思われる言葉がときどき出てきますが、こうしたものにもほとんど説明がない。短く言及されて、あとはご想像にお任せします、という具合です。「ぼく」という個はさまざまな理念や事物に出会いつつも、それらの個と決定的に深い関係を持つのではなく、あくまで刹那的に接触するにすぎません。

ひとりでつくる共同体

こうしたホイットマンの個の問題は、詩の作法という視点から見ると、次のようにも説明できるかもしれません。ワーズワスの場合、伝統的な英詩の iambic pentermeter というリズム（⇒ 付録「英詩の韻律」）を守っているのに対し、ホイットマンはこのリズムをやぶったところで自分のリズムをつくっています。そのせいもあって、かなり荒削り

な言葉遣いになる。ふつう英詩だと、リズムに則りつつも、そのことをあくまでさりげなくやる方が「うまい」とされ、ワーズワスにしてもそういうところがあるわけですが、ホイットマンの場合、あらかじめある共同体のリズムには従わないため、自分の詩行の骨組みみたいなものをことさらみせつけなければならない。「オレは、オレのやり方で詩なのだ！　そのやり方に従え！」とせざるをえない。そんな中で、ホイットマンの「ぼく」という語り手は、ふつう以上に過剰なほど「ぼく」であるわけです。

　「ぼくは××だ」(Turbulent, fleshy, sensual, eating, drinking and breeding. / No sentimentalist, no stander above men and women, or apart from them, / No more modest than immodest.)、「ぼくは××をするぞ」(I speak the pass-word primeval, I give the sign of democracy, / By God! I will accept nothing which all cannot have their counterpart of on the same terms.) という風にいつも「ぼく」に話が戻ってくるのも、ホイットマンがそもそも詩というものに関して違反を犯している、つまり、英詩というものが19世紀にいたるまで長く持ってきた共同体性から隔絶したところで語っているからでしょう。「ぼく」には詩や伝統といった拠り所がなく、「ぼく」は「ぼくである」ことでしか保証されない。そのために「ぼく」はこうして絶叫調で喜悦を語ることで過剰なほど「ぼく」の肯定感を演出しなければならない。そうすることでその土台を固めなければならない、というわけです。

　しかし、ホイットマンのそんな「ぼく」は、その荒削りなわかりやすさにおいて、その音量の大きさにおいて、その派手な政治性において、「個性」というものがなまなましく存在感を持ちうるようなレベルからは逸脱してしまっている。これは詩と共同体というテーマを扱う第3章でまた詳しくみたいと思いますが、「ぼく、ぼく、」と言い張り、その主張においてもすべてのものを自分というハブに結びつけようとするこのような語りが、結果的に「ぼく」の個人性から遊離してしまうというのはおもしろいところです。

「ぼく」の祝祭

　ホイットマンの詩は、その過剰さや無茶な理屈にも関わらず、かなり中に入りやすい。それはホイットマンの「ぼく」が私たちに微妙な体臭を読むことを強要しないからです。かわりにそこで読者が出会うのは、「ぼく」という仮面をかぶった今ひとつのあたらしい共同体性、ポップな土俗性といってもいいかもしれないようなものです。何もかもが許されて吸い込まれてしまうような、肥大した躁的な解放区なのです。ホイットマンの語り手は「ぼく」という限られた個であることを主張しつつ、実はだれにとっても「ぼく」である。そしてそのことで祝祭の気分を生み出し、拡大の幻想をもたらすような存在です。20世紀以降の詩は、昔ながらの共同体性に依存することが難しくなるわけですが、それに取って替わったのが、ホイットマンがここに提示するような感情の方法だったと言えるかもしれません。

　言葉とは感情や気分の方法です。注意深く「この人、いったいどうしてこんな言い方するんだろう？」と、テクストのわからなさに目を向け考察してあげることは、いずれはそのテクストを生きるためのヒントとなるのです。

5）　嬉しいのか嬉しくないのかわからない
　　──Ｐ・Ｂ・シェリー「西風に寄せるオード」

感情を越えて

　ここまでのところでは、ワーズワスやホイットマンといった嬉しさを一方的に表現する詩人をどう受け止めるかについて考えてきましたが、詩人の嬉しさとつき合うに際しては他にも気になることがあります。

　英詩ではしばしば、暗い題材が取り上げられます。失恋、敗北、犯罪、死など、具体的な内容はさまざまなのですが、そういうとき、語り手は嬉しくないはずのことについて語っても、あまりの興奮ぶりから、まるで喜んでいるようにも見える、ということがあります。嬉しいとか、悲しいとか、恐ろしいといった日常的な感情を越え、それぞれが混じり合ったような、ひとつ上の熱狂状態に達しているようなの

です。

　18 世紀から 19 世紀にかけての英国では、「崇高」（サブライム）という美意識が脚光を浴びていました。ふつう美しさというと、調和とか、やさしさ、安定などと結びつけられますが、「崇高」という感覚はむしろ心に波風を立てるような状況の中で生じます。荒涼とした岩山とか、荒れ野といった、死を連想させる自然風景を前にして、語り手が恐怖心におののきつつも、その体験が一種の浄めの作用を果たし、おかげでこれまでに味わったことのないような超越的な境地に至るのです。こうした美意識に表れているのは、心の中のエネルギーに突き動かされたとても強い感情が、恐怖や怒りや悲しみなどを含んだ複雑な喜びとして表現されうる、ということなのです。

崇高（サブライム）

18世紀に「美」（ビューティフル）の対概念として脚光をあびた美意識。秩序や均整を旨とする「美」に対し、「崇高」は神秘的なものに対する畏怖、壮大な風景、強烈な感情などと結びつけられる。感情や想像力に重きをおいており、古典主義からロマン主義への移行における新しい感受性の方向をもっとも明確に表す概念だと言える。

パーシ・ビシ・シェリー（1792〜1822）

英国の詩人。ジョン・キーツやジョージ・ゴードン・バイロンらとならび、後期ロマン派の代表とされる。国会議員の家庭に生まれるが、幼少期より活発かつ夢見がちで、学校教育にはいつも不満を持っていた。オックスフォード大ニューコレッジに進学するも、無神論的論文を書いたために退学処分。

ウィリアム・ゴドウィンの影響を受けて急進的な政治思想に染まり、後にその娘のメアリ（『フランケンシュタイン』［1818年］の著者）と結婚する。作品には政治的な色彩が強い『クイーン・マブ』（1813年）や『イスラムの反乱』（1818年）の他、『アドネース』（1821年）や本書で取り上げた「西風に寄せるオード」（1819年）、「ひばりへ」（1820年）などの抒情詩、神話世界と政治的信念をからめた大作『解放されたプロメシュース』（1820年）などがある。

P・B・シェリー

from Percy Byshee Shelley, 'Ode to the West Wind' (1820)

O, wild West Wind, thou breath of Autumn's being,
Thou, from whose unseen presence the leaves dead
Are driven, like ghosts from an enchanter fleeing,

Yellow, and black, and pale, and hectic red,
Pestilence-stricken multitudes: O, Thou,
Who chariotest to their dark wintry bed

The winged seeds, where they lie cold and low,
Each like a corpse within its grave, until
Thine azure sister of the Spring shall blow

Her clarion o'er the dreaming earth, and fill
(Driving sweet buds like flocks to feed in air)
With living hues and odours plain and hill:

Wild Spirit, which art moving everywhere;
Destroyer and Preserver; hear, O hear!

- 3行目　**ghosts from an enchanter fleeing**　死者の魂が木の葉のように風に吹かれるというイメージは、ホメーロス、ウェルギリウス、ミルトンなどの叙事詩に見られる古典的なイメージ。また、黄、黒、蒼白、赤という色は枯葉の色よりも、人間の人種の違いを表すという見方もある。
- 6行目　**chariotest**　chariot「戦車・馬車で運ぶ」に -est（古語・詩語で動詞の二人称単数直説法現在形・過去形の語尾）が付いた形
- 13行目　**art**　《古語・詩語》be の二人称単数直説法現在形。

パーシ・ビシ・シェリー「西風に寄せるオード」より

荒々しい西風よ　秋そのものの息吹よ
お前の目に見えない存在から　枯葉
が吹き飛ばされる　まるで魔術師から逃れる亡霊のように

黄色や　黒や　青白い色　熱にやられた赤
さながら疫病にやられた群衆のよう　お前は
追いやるのだ　暗い冬の床へと

翼を生やした種子たちが　そこで寒さに縮みながら身を低く横た
　　えるよう
まるでみな墓に葬られた死体のように
お前の青々しい姉妹たる春が

夢にまどろむ大地に起床をつげるラッパを吹き鳴らすまで　そう
　　して
（草を食べる羊の群のごとく　空中でつぼみに餌を与えながら）
草原や丘を生き生きとした色と香りでみたすまで

荒々しい魂よ　お前はとどまるところを知らず動き回るのだ
破壊者であり　そして守り神　ああ　聞こえる　聞こえるぞ

オード

　もともと古典期には歌うための詩を指していたが、近代詩では韻を踏んだ抒情詩、とくに特定の対象に呼びかける形をとるものであることが多い。トーンとしては格調高く、語り手がしばしば興奮状態にある。ロマン派の時代はジョン・キーツの「ギリシャ壺によせるオード」、「小夜鳴鳥(さよなきどり)によせるオード」、ワーズワスの「不滅のオード」、そして本書でも扱ったシェリーの「西風に寄せるオード」などオードの傑作が多く書かれた。

西風の恐ろしい力

　イギリスの後期ロマン派から具体例を見てみましょう。P・B・シェリーの「西風に寄せるオード」です。これは死についての詩なのですが、その中に語り手の不思議な喜悦も読みとれます。

　この作品では、秋の西風が吹き荒れている様子に衝撃を受けた詩人が、生と死が次々に入れ替わることの神秘に思いをはせ、過去を振り返り、ひいては未来にむけた希望を語るという筋立てになっています。西風は死をもたらす恐ろしい力であると同時に、再生のきっかけともなります。だから、いかに西風を語るか、いかに西風と関係をもつかが、語りにおいて大事なポイントとなるわけです。上記の引用は全部で五部構成になっている詩の、最初のセクションです。

　ワーズワスの詩と同じように、この詩でも呼びかけの力を大いに駆使しています。この第一セクション、ぜんぶで 14 行ありますが、よく見ると〈主語→動詞〉という通常の構文にはなっていません。はじめに「おお、西風よ」と呼びかけてから、あとはその西風に対して thou と何度もよびかけながら描写を続けていく、という形になっているのです。14 行全体がひとつの長い名詞節になっていると考えられます。

持続の快楽

　にもかかわらず、読者は「なんだ、単なる名前じゃないか。呼びかけてるだけじゃないか」とか「言いっ放しじゃないか。何が言いたいんだ」とは思わないはずです。述語のない、体言だけの構文でありながら、ちゃんと語り聞かせられてしまう。どうしてでしょう？

　答えは簡単で、修飾語、とくに関係詞や接続詞を上手に使い、つながり拡がっていく感覚が表現されているからです。実際の語りは、修飾語を通して展開しているのです。たとえば第一スタンザの 2 行目では、Thou と呼びかけたのち、コンマを挟んで from whose unseen presence... とよどみなく描写が続きます。次の行でも are driven の後、またコンマを挟んで like ghosts from an enchanter fleeing と類似が示

され、さらにまたコンマを越えて Yellow, and black, and pale ... というふうに視覚描写がつけ加えられます。

　つまり大きな枠組みとしては名詞なのですが、その名詞の中に動きに満ちた議論や、想像、描写などがぎっしりとつまっているから、どんどん思考が展開していく感じがするのです。とくに注目して欲しいのは、第二スタンザから第四スタンザにかけての、下線を引いた次のような箇所です。

> 　　　　　　　　　　　O, thou,
> Who chariotest to their dark wintry bed
>
> The winged seeds, where they lie cold and low,
> Each like a corpse within its grave, until
> Thine azure sister of the Spring shall blow
>
> Her clarion o'er the dreaming earth, and fill
> (Driving sweet buds like flocks to feed in air)
> With living hues and odours plain and hill:

ここでもコンマを挟んで関係詞や until, and などの接続詞が続くことで、先へ先へという言葉の流動感が保たれています。英詩では同格表現がよく使われると先に述べましたが、引用の箇所も、同じものが変化しながらどんどん発展していくという意味では、同格表現に通ずる持続感を持っているといえるでしょう。接続の言葉によってつながりを強調することで、〈主語→動詞〉の構造にも類するような、まるでシンタクスが埋めこまれたような展開感が生み出され、「何かをちゃんと言った」という感覚が生じるのです。ぴたっと収まるような名詞的な静止性よりも、ダイナミックで動きに満ちた進行感がみなぎっているのもこのためです。

究極の「原因」を喜ぶ

　関係詞や接続詞によるつながりの感覚は、西風をいかに語るかに関

しても大きな意味を持ってきます。風の持つ意味についてはワーズワスのところでも触れました。風は古来呼吸の隠喩であり、詩の代名詞ともなってきたものですが、ここでは unseen presence、つまり目には見えないけれど、たしかにそこにいて、この世界に強大な力をおよぼすものとしてとらえられています。

　風は目に見えない源であり、究極の「原因」なのです。そして私たちは風の存在を、風に由来するこの世のさまざまな「結果」を通して遡るようにして知るしかない。この詩の語り手は、この因果関係の強烈さにおののいているのです。風そのものは見えない、だからこそ呼びかけることで、こちらから身を乗り出すようにして確認するしかないのですが、その一方で、「あ、こんなことにもなる、こんなふうにも」と、語り手の眼の前には風の余波と思えるものが次々に展開していきます。原因が結果を生みだしていくその関係の濃さ、その勢い、その不思議さ、そうしたものを詩人は、次々に接続するねばり強い構文を通して表現しているのです。

　プラトニズムやネオプラトニズムと呼ばれる思想は、この世の現象の裏にイデアの世界があるとしてきました。シェリーもそんな思想に大きく影響されていたと言われます。見えない深層と現象界とを比べた上で、見えない世界こそが本当に重要なのだと言おうとする姿勢がそこにはあるでしょう。だからシェリーが連鎖の向こうに見やるのは、力であり、善であり、真実なのかもしれません。ただ同時に、その力はこの現象界を組み伏せ、支配し、圧倒する恐ろしい力としてしか現れ得ないのです。風はそれ自体として存在するわけではなくて、あくまで結果をまき散らし、数珠繋ぎの連鎖を繰り広げることでのみ、私たちと関わるのです。

暴力的でなければならないわけ

　語り手にとって風は、神にも近い絶対的な権力です。語り手はこの風に帰依している。そこに服従の喜び——支配され、組伏せられ、傷つけられたり命を奪われたりしつつもそれを歓喜とともに受け入れて

しまうような気分があるとしたら、それは風が必然的にこの世界に及ぼす「結果」、つまり広い意味での「爪痕」を残すという現れ方をせざるを得ないためでしょう。この世を超越した見えない風は、この世に対する暴力としてしか現象しえない。

　読者もまた、シェリーの強引ともいえる詩行を読みながら、影響され、及ぼされ、打ちのめされたり、押し流されたりする感覚を味わいます。語の修飾関係は、次々に連鎖する力の経路を示します。しかし、それは一方的にやられてしまうような、純粋にネガティブな「被害」の感覚とは異なります。押し流されることによって、逆に偉大なものを向こうに幻想する、因果関係の結果の地点から、遡って大本の輝かしい原因を夢想する、そうした歓喜の方法がここでは提示されているのだといえます。

ロマン派

　一般にロマン主義は 18 世紀から 19 世紀にかけてヨーロッパ芸術に見られた新思潮を指すが、英文学史上では『抒情民謡集』（ウィリアム・ワーズワスとサミュエル・テイラー・コールリッジの共著）の刊行された 1798 年から、ウォルター・スコットの亡くなった 1831 年という期間をロマン主義の時代とすることが多い。当時、欧米を席巻した革命の嵐に触発されたラディカリズムを背景としつつ、啓蒙主義的な光の思想に反発し、個人的な体験を元にした闇の想像力と感情の横溢とを前面に押し出すのがその特徴である。また「崇高」（サブライム）なものを感受性の機軸にすえ、自己の深淵や時間的空間的無限を探るのも特徴。プレ・ロマン主義と言われるトマス・グレイやウィリアム・クーパーから、初期ロマン派のウィリアム・ブレイク、ワーズワス、コールリッジ、後期ロマン派のジョン・キーツ、パーシ・ビシ・シェリー、ジョージ・ゴードン・バイロンなどが代表的。ホレス・ウォルポールなどの小説に見られるゴシック的なものも、ロマン主義的感受性の基礎にあると言われている。

第2章

なぜ英詩は声に出して
読んではいけないのか？

プラス / ヒューズ

1) 言える言葉と、言えない言葉

声に出したがる人々

　何年か前に『声に出して読みたい日本語』という本がベストセラーになったことがあります。おかげで朗読はその後ブームになったようで、似たような本がいくつも出ています。詩を声に出して読んでみる、そのこと自体はもちろん悪いことではありません。詩はいまやジャンルとしては絶滅危惧種なので、どんな形であれ、詩に接する機会が増えるのは悪いことではありません。

　しかし、それはあくまで読んでみるからです。つまり、ためしにやってみる分には構わない。もしそこに、詩は声に出さなければわからない、とか、詩は声に出すものなのだ、といった強制力がはいってくるとしたら、これは困ったことです。何となく、商売にうまく結びつけられている感じがするからです。強制的に……しろと言われることを、そろそろ世間が求めだしたな、特に文学についてちょっと押しつけがましいことを言われたい人が増えてきたな、という空気を敏感に察知してうまく売りにした。これは絶滅危惧種たる詩にとっては、警戒しなければならない事態なのです。

詩と商売

　詩が商売になっている例はいくつかあります。今、もっとも目につくのは相田みつをの作品でしょうか。

　　いのち

　　アノネ　にんげんはねぇ　自分の意志でこの世に産まれてきたわ
　　けじゃねんだな
　　だからね

　　自分の意志で勝手に死んではいけねんだよ

私は相田の作品は詩ではない、などというつもりはありません。何し

ろ絶滅危惧種。どんなものでも、「詩っぽい」と思われるものが一世を風靡すれば、詩が生き延びることに役立つかもしれない。相田は言葉の使い方にたいへん慎重だし、音楽や映像の助けを借りずに言葉を聞かせる力を持っている。すばらしい才能の持ち主だと思います。

　ただ、相田みつをは境界線だ、ということも強調しておきたいと思います。相田みつをが商売になるのは、みんなが言って欲しいと思うことを言うからなのです。だから商売になるのです。これは相田みつを本人の問題ではなく、相田の作品を上手に商売にむすびつける側の問題なのでしょう。

　みんなが言って欲しいことを言ってみせる。これは広告のキャッチコピーの原理です。誰もが気持ち良くして欲しいと思って生きている。そこをつく。だから金を払う。詩だって、相手を心地よくさせる。序章でも触れたように、ルネサンスの頃はいかに相手を喜ばせるかが詩の作法としては重要だった。いつの世も人は安心したいし、善意を求めている。でも、お金を払って買う善意って、どうなんでしょう。こちらが言って欲しいと思っていることや、あらかじめ答えのわかっていることばかりを読んだり聞いたりするだけで、ほんとうに良いのでしょうか。

　私がここで商売という概念を持ち出し続けるのは、必ずしもあらゆる商いに反対で共産主義体制の樹立を目論んでいるからではなく、商売がからむことで私たちが詩を詩として読まなくなる恐れがあると心配するからです。商売には商売の論理があって、それは詩の論理とはたぶん微妙にずれています。商売と詩がうまく共鳴する幸福な瞬間もあるのかもしれないけど、そうでない場合の方が多い。詩は商売にならないことも語る。人が聞きたくないこと、悪意や、憎悪や、病気や、死についても語るのです。そうすると、商売は詩を抑圧し、都合の悪い部分は圧殺するかもしれない。この章の話題はその辺とからんでくるのです。

声に出せる部分しか読まない人々

なぜ英詩は声に出して読んではいけないのか？

その理由はいろいろあり、この章では実例を見ながらそれぞれの理由について具体的に考えていきたいと思っていますが、何より大事なのは、おそらく、詩が絶叫や怒鳴りから、ささやき、つぶやき、ひいては沈黙に至るまで、実にさまざまな声のヴァリエーションを表現するジャンルだということでしょう。声に出すことで、私たちはこのヴァリエーションを狭めてしまうのではないか、というのが私の危惧です。声に出すことで、私たちは詩の、声に出される部分しか読まなくなるのではないか。

ヴァリエーションを狭めてしまうとはどういうことか。確かに詩を声に出して読むことは楽しい。声に出す、という身体的行為は、言葉にまつわるさまざまなもやもやを吹き飛ばし、発話を運動の一種へと変換して私たちを無我の境地へと導きます。声に出すことで私たちは詩のリズムやテンポを体のこととして感じ、その分、いろいろなことを忘れられるのです。しかし、それは同時に、私たちが詩をリズムやテンポとしてしか読まないかもしれないということをも意味します。詩をリズムやテンポといった「体」の部分でしか読まないということは、健康な「体」におさまりきらない、負の部分に反応しなくなる、ということにもつながるのです。

不自由の快楽

そもそも活字というのは、非常に新しい媒体です。たかだか数百年の歴史を持つにすぎない。本来は声に出されるものを、あくまで仮の形で記録するというのが、活字に当初期待されていた役割だったはずです。しかし「活字中毒」という言い方がいみじくも言い当てるように、活字はフェティッシュになっていった。よくわからないけど、活字じゃなきゃいやだ、活字だからいいのだ、という嗜好が芽生えてくる。

そこにあるひとつの要素はおそらく、活字が話し言葉よりも拘束の

強い、一段階不自由なメディアだという感覚ではなかったでしょうか。何かを活字というメディアを通して表現するとき、必ずこの不自由さがかかわり、場合によってはそれが活字の限界として感じられることもあったけど、逆に活字ならではの可能性として、魅力としても感じられた。ルールに縛られた限定的な環境のもとで、その拘束感を楽しみながら表現する、そのことでしか得られない喜びがあるから。

その喜びとはどんなものなのでしょう？

たとえば、密やかさ。たとえば、落ち着き、鎮静。たとえば、ふたりだけで話し合うような親しい感覚。たとえば、短く颯爽と終わる断絶感。あるいは余韻。あるいは会話のあとの静寂。たとえば、感情を乗り越えて自分自身を振り返ることで得られる、清々しいほどの虚無感。たとえば、未開発のもの、無垢なもの、幼児的なものへの立ち返りの感覚。たとえば、いっそ、何も語らない、という沈黙。語ることの不可能を思い切り背負うことで、はっと開ける道。

身体で語らないために

今、あげた感覚は、いずれも言葉の伝達的な、あるいは表現的な機能が十全には発揮されないゆえの、不能感と関わっています。言葉の「体」的な部分がうまく働かず、リズムやテンポからはこぼれ落ちるような、「体」的でない部分が露出してしまう。言葉は表現する、ということがあまりにもしつこく繰り返されてきたため、言葉が言えないとき、つまり言葉が意味したり、誰かに伝わったりするということがうまくいかない場合について、私たちは意外に鈍感です。しばしば私たちはそういう事態を、単なる失敗として切り捨てがちである。そこにこそ魅力があるかもしれないということを忘れがちです。しかし、言葉の「体」的でない部分、声に出すだけでは読みとれない影の部分は、詩においては重要な構成要素なのです。

弱さの獲得

活字メディアが普及してから数百年というもの、言葉はもっとも声

高な情報発信の装置でした。今でもたぶん、そうです。言葉によって書かれた詩にも、そういう側面はありました。声に出して読む詩、声高にみんなに呼びかける詩はあったし、今でもある。しかし、刺激の強さという点で言葉がかつてのような圧倒的優位を保っていた時代がもう終わり、詩が社会の中で占める位置は明らかに変わってきています。

　詩にかつてのような存在感がなくなり、みんなが否応なく耳を傾けざるを得ないような浸透性や威力を発揮しなくなったとすると、では、いったい何が残っているのでしょうか？　ここが「なぜ声に出して読んではいけないのか？」という問題と直結するポイントなのですが、詩は要するに力を失ったわけです。力を、そして「力」というものが隠喩する強さを、大きさを、屈強さを無くした。しかし、そのかわりに詩は弱さを、小ささを、脆弱さを得たのです。「力」を無くすことと引き替えに、詩は「力のなさ」を得た。

こんなこと言えない

　詭弁に聞こえるでしょうか？　でも、生きていると、大きな声に出しては言えないことを言わなければならない場面というのは、結構多くはないですか？　恋人同士が明かりを消した室内で囁きあうとき。お葬式で久しぶりに会った人と世間話をするとき。いや、それだけにとどまらず、声にならない、言葉にしきれない気持ちを半分混沌としたまま独り言として口にしてしまうこともあるでしょう。自分が自分でないものになって、密かにふだんの自分とは違う声で語ってみたいときもある。オンナがオトコになる、とか。オトコがオンナになる、とか。大人が赤ん坊のように幼くなる、とか。

　詩とは、こうした声にならない声を表現するのに格好のジャンルなのです。声と沈黙とのぎりぎりの境目で生ずる言葉を、そのまま読ませてくれる。詩を読むとき、たとえそれが黙読であっても、読者はふつう以上に聞き耳を立ててくれるはずです。そうすることで言葉の微細な身振りを余すところなく読みとることができる。

こうした読み方は、声に出さないからこそできる、という面があるのです。黙読とは確かに言葉をめぐる一種のフィクションです。本来なら声に出して語られるはずの言葉というものを、語られたことにする、という形で、実際には音にしないでやり取りする。しかし、音にしないからこそ表現されうるものが出てくる。声に出してしまったら壊れてしまうくらい、弱くて、小さいもの。そういうものが欲しいとき、詩はたいへん助けになります。

Sylvia Plath, 'Lady Lazarus' (1962)

I have done it again.
One year in every ten
I manage it ——

A sort of walking miracle, my skin
Bright as a Nazi lampshade,
My right foot

A paperweight,
My face a featureless, fine
Jew linen.

Peel off the napkin
O my enemy.
Do I terrify? ——

The nose, the eye pits, the full set of teeth?
The sour breath
Will vanish in a day.

Soon, soon the flesh
The grave cave ate will be
At home on me

And I a smiling woman.
I am only thirty.
And like the cat I have nine times to die.

シルヴィア・プラス「レイディ・ラザルス」

またやった
十年に一度のペースで
あたしはやる

歩く奇跡ね　皮膚は
ナチスのランプシェードみたいに光って
右足は

文鎮
顔ときたら　のっぺりとした
ユダヤ製のリネン

ナプキンを剝いでごらん
あなた　あたしの敵よ
怖い？

鼻と　眼窩と　歯のひと揃い──どお？
酸っぱい息も
一日すれば消えるわ

もうすぐ　もうすぐに
墓穴に呑まれた肉体も
あたしには居心地がよくなる

そうして笑顔を絶やさない女になる
まだ三十よ
猫みたいに九回は死ねる

This is Number Three.
What a trash
To annihilate each decade.

What a million filaments.
The peanut-crunching crowd
Shoves in to see

Them unwrap me hand and foot ——
The big strip tease.
Gentlemen, ladies,

These are my hands,
My knees.
I may be skin and bone,

Nevertheless, I am the same, identical woman.
The first time it happened I was ten.
It was an accident.

The second time I meant
To last it out and not come back at all.
I rocked shut

As a seashell.
They had to call and call
And pick the worms off me like sticky pearls.

Dying
Is an art, like everything else.

これは第三回
どうってことない
十年を無にするなんて

吹けば飛ぶようなもの
ピーナッツをかじりながら連中が
やってきて

あたしの手足が剝かれていくのを見物する
たいしたストリップショーよ
みなさん

あたしの手がこれ
膝がこれ
骨と皮ばかりだけど

それでも前と変わりはしない　同じ女
はじめてのときは十歳だった
あれは事故だった

二度目は本気だった
最後まで仕遂げて帰ってこないつもりだった
ぐっと丸まって

貝みたい
みんなあたしを呼び続けて
粘り気のある真珠みたいな虫を取り去った

死ぬのにも
うまい下手がある　他のことと同じ

I do it exceptionally well.

I do it so it feels like hell.
I do it so it feels real.
I guess you could say I've a call.

It's easy enough to do it in a cell.
It's easy enough to do it and stay put.
It's the theatrical

Comeback in broad day
To the same place, the same face, the same brute
Amused shout:

'A miracle!'
That knocks me out.
There is a charge

For the eyeing of my scars, there is a charge
For the hearing of my heart ——
It really goes.

And there is a charge, very large charge
For a word or a touch
Or a bit of blood

Or a piece of my hair or my clothes.
So, so, Herr Doktor.
So, Herr Enemy.

あたしは死の達人

すごく強烈にやる
すごく生々しく
天職みたいなものかも

狭いところでやるのは簡単
じっとそこにいるのも簡単
派手に

昼日中の復活
いつもの場所へ　いつもの顔へ　いつもの野蛮で
嬉しそうな叫びへ

「奇跡だ！」
これでくらっとする
お金をとるわよ

あたしの傷を見る料金
あたしの心臓の音を聞く料金
ほんとに儲かる

他にも料金がかかるわ　とってもたくさん
一言話すのも　触るのも
血の一滴にも

髪の毛とか　洋服の切れ端とか
そうよ　お医者さん
あたしの敵のあなた

I am your opus,
I am your valuable,
The pure gold baby

That melts to a shriek.
I turn and burn.
Do not think I underestimate your great concern.

Ash, ash ——
You poke and stir.
Flesh, bone, there is nothing there ——

A cake of soap,
A wedding ring,
A gold filling.

Herr God, Herr Lucifer,
Beware
Beware.

Out of the ash
I rise with my red hair
And I eat men like air.

21行目 **like the cat I have nine times to die** ことわざ A cat has nine lives.「猫には命が九つある＝なかなか死なない」をもじっている。

あたしはあなたの作品
あたしはあなたの貴重品
純金の赤ん坊

それが溶けて叫びになる
あたしは転がって燃える
ちゃんとあなたが心配してることはわかるわよ

灰　灰ばかり
あなたは突っつき　かき混ぜる
肉も　骨も　何もない

石鹸も
結婚指輪も
金の詰め物も

神さま　悪魔さま
気をつけて
気をつけてね

灰の中から
赤い髪をなびかせてあたしは復活し
空気みたいに人を食べる

シルヴィア・プラス（1932～63）
　米国の詩人。マサチューセッツ州出身。父オットーは生物学の教授。幼い頃から優等生だったプラスは文学的野心を持っていたが、同時にあまりに繊細な神経ゆえ常に精神的には不安定で、自殺未遂も起こしていた。やがて、奨学金を得て英国ケンブリッジに渡り、テッド・

ヒューズと運命的な出会いをする。ふたりは間もなく結婚。詩人として早熟だったヒューズを意識しながらプラスも詩作を続けるが、ヒューズの女性関係がプラスを苦しめるようになり、もともとあった精神の不安定さが深刻なものとなる。米国移住後、英国に戻ってくるが、この頃には夫婦関係は破綻。ふたりの子供を引き取ってプラスはヒューズと別居する。どん底の精神状態の中でプラスは、本書でも取り上げた「レイディ・ラザルス」や「ダディ」の他、「エーリアル」、「十月のポピー」、「ニレ」といった最後の傑作群を書く。1963年の2月、英国が記録的な寒波に見舞われていた日の朝、プラスはガスオーブンに頭を突っ込み自殺を遂げる。

　プラスの初期詩作品はいかにも優等生の習作といった色彩が強いのに対し、後期の作品には鬼気迫る緊張感がみなぎっている。言葉は必ずしも洗練されたものとは言えないが、突飛な比喩や連想に加え、ふだんの仮面をかなぐり捨てつつ、無理矢理サイズの合わない別の仮面をつけてみせるような一種の「破綻」の振る舞いを通し、英詩の新境地を切り開いたとも言える。短い生涯であったが、詩集としては死後出版の『エアリアル』(1965年)やテッド・ヒューズの編集による『全詩集』(1981年)などさまざまな版がある。自伝的小説に『ベル・ジャー』(1963)。

2)「私が私であること」の不安——
シルヴィア・プラスの「レイディ・ラザルス」

絶叫か、つぶやきか

　繰り返しになるかもしれませんが、私が強調したいのは、詩には声に出されないことではじめて理解される部分がある、そのことを忘れてはいけない、ということです。絶叫調で読むことで、おおいに良さがわかる詩だってもちろんある。そういう詩はどんどん絶叫調で読めばいい。

　こうした区別を知るためにちょうどいい例をまず見てみましょう。

　英詩の歴史では何組か有名なカップルがいます。男女のどちらもが詩人で、両者の間で詩を通した交流があったりする。お互いにインスピレーションを与え合うような、幸福な関係だと言えますね。一番有名なのはおそらくロバート・ブラウニングとエリザベス・バレット・ブラウニングでしょうか。ロバート・グレイヴスとローラ・ライディングの関係も良く知られています。エズラ・パウンドとH・Dは若い頃つきあっていました。T・S・エリオットの作品のいくつかが、実は奥さんのヴィヴィアンによる原稿を元にしていた、なんていうこともあります。

　そうした中でもとくにテッド・ヒューズとシルヴィア・プラスの関係は、波乱に富んだものとして有名です。プラスの留学先のケンブリッジで知り合った二人は結婚してアメリカに渡りますが、やがてイギリスに戻ってくる。このころまでには、ヒューズの女性問題やプラスの不安定な精神状態などもあり、ふたりの間には大きな溝が出来ていました。やがてふたりの子供を引き取ってプラスはヒューズと離婚する。そして、その1年後の1963年、プラスは子供を残してガス自殺します。

　プラスが亡くなる前の数ヶ月に書いた作品には、鬼気迫るものがあります。とくに「ダディ」や「レイディ・ラザルス」といった作品は自伝的な出来事を背景にしつつ、現在の自分の追いつめられた状態から逃れようと必死にもがき、誰かに救われたいと願う詩人の、周囲に

向けて放つ魂の叫びのようなものが感じられるかもしれません。確かにそこには絶叫調が聞こえる。

自分と仲良くなれない

　プラスは何度か自殺未遂を犯しています。その過去を半ば自嘲的に劇化し、死者の中から蘇った聖書中のラザルスと重ね合わせる、というのが「レイディ・ラザルス」という作品です。自殺未遂の果てに何度も死の縁から蘇った語り手は、自分を「レイディ・ラザルス」と呼び、道化めいた役柄を演じて見せようとします。のっけから彼女は、自分はまた「あれ」をやったという。「あれ」とは自殺のことです。

　　I have done it again.
　　One year in every ten
　　I manage it ——

語り手は、はじめはこんな調子で、自分で自分を「困った奴」と見るような、自己嫌悪と自己憐憫の相半ばするような視線がある。自分自身に対して違和感を感ずるような、自己同一性を得られなくて、身体がばらばらになっていく感覚です。皮膚や足や顔といった部分ばかりが突出し、それらを統一する全体性が欠落しているのです。

　　A sort of walking miracle, my skin
　　Bright as a Nazi lampshade,
　　My right foot

　　A paperweight,
　　My face a featureless, fine
　　Jew linen.

a Nazi lampshade などのイメージは、かつてナチス・ドイツが、強制収容所で殺害したユダヤ人の死体を「リサイクル」して製品化したというおぞましい逸話を喚起するものです。プラスが青春期を迎えた第二次大戦後の米国では、この話はセンセーショナルな衝撃を与えつづ

けていたでしょう。ただ、それだけにこうしたイメージを介して自分の被害者性を強調しようとする身振りは、プラスにユダヤ人の血が流れていないこともあり、やや安易な方法と批判されることも多いようです。このあたり、プラスの配慮不足とも読める箇所ですが、それだけ闇雲な語り手の姿勢もうかがえます。

世界を攻撃する

こうした自己に対する違和感のようなものは、やがて周囲の世界に対する攻撃衝動へ転じていきます。続く部分ではだんだんと語調が強くなるのですが、それは聞き手を意識し、聞き手に向けて挑むように語ることで高まってくる激情に根ざしたものです。

> Peel off the napkin
> O my enemy.
> Do I terrify? ——
>
> The nose, the eye pits, the full set of teeth?
> The sour breath
> Will vanish in a day.

このあたり、たとえばどれだけ my enemy というのがリアリティのある存在なのか、よくわかりません。特定の「敵」がいるというよりは、周囲のすべてが敵と感じられてしまう心境を想像した方がいいのかもしれない。だから The sour breath / Will vanish in a day などというあたりになると、外に向けられていた語りがいつの間にか独り言めいたつぶやきになっていたりもするわけです。そのあとは自分で自分に対し語りかけているように聞こえる。

> Soon, soon the flesh
> The grave cave ate will be
> At home on me
>
> And I a smiling woman.

> I am only thirty.
>
> And like the cat I have nine times to die.

私はまだ30歳、私は猫みたいに9回死ぬのだ、と納得するようにして語る。ずいぶん気まぐれな語り手ですね。大声で誰かに向けて語りたいのか、一人でつぶやきたいのか、はっきりしない。周囲に説明したり、訴えたりしたいのか、それとも自分で新しい真実を発見して、「ああ、そうか、そういうことか」と静かに納得したいのか。

「私」って誰？

この詩の中で語り手は何度も自分を何かにたとえます。a sort of walking miracle（4行目）だと言ってみるかと思うと、like the cat（21行目）と言ったり、I rocked shut / As a seashell（39–40行目）と言ったり、最後の方では I am your opus, / I am your valuable と言い募ったりする。全般に I ではじまるセンテンスが非常におおいのですが、その I がどういう風に出てくるかというと、I a smiling woman（19行目）とか、I may be skin and bone（33行目）というように、自己紹介するようにして自分を説明したり、描写したり、つまりどうにかして自分というものを確定したいのだな、と思わせる口調です。

こう見てくると、要するに語り手は「私はこうなのだ」と自分で納得し安心したい一方、「私はこうなのだ！」と外に向けて叫びたいようでもある。どうやら流れとしては、〈不安→安心〉という、ロマン派の詩にあるようなパタンとは逆で、〈安心→不安〉という風な何とも危うい感じがする。センテンスは全体に短いのですが、それが妙なせわしなさ、言っても言っても足りないような焦燥感を生んで、そのうちにそれが叫びになる、そしてそこにいつの間にか仮想の敵、例の enemy がぽおっと現れている、という構図なのです。

中盤のところ、それが如実にあらわれている箇所があります。

> Dying
>
> Is an art, like everything else.

I do it exceptionally well.

I do it so it feels like hell.
I do it so it feels real.
I guess you could say I've a call.

It's easy enough to do it in a cell.
It's easy enough to do it and stay put.

Dying / Is an art, like everything else. という一節、何か悟りきった賢者のような、ぴしっときまった安定感がありますね。ところがそのあと、I do it so it feels like hell というあたりから、well と韻を踏んだ hell という語の不吉な響きに引きずられるようにして、乱暴な反復がつづき、語りはヤケクソ気味な堂々巡りに陥る。理解や納得に至るどころか、いったん到達しかけた結論から逸脱していくのです。詩における反復は、一般には陶酔的な安定感をもたらすこともありますが、こうした箇所での I do it . . . / I do it . . . とか、It's easy enough . . . / It's easy enough . . . といった反復は、むしろじたばたするような不安感を表しているでしょう。

露出される「私」

このような〈安定→不安定〉という波を何度かへて、結局語り手は「私はこうなのだ」というつぶやき気味の納得を放棄し、相手に突きつけるような「私、私、私」という連呼調を通して、ばらばらで統一感のない、いろいろなものに絶えずたとえられつづけざるを得ない自分を、一層声高な調子で語るようになっていきます。そこには自分を見せ物として露出するような態度がうかがえます。

There is a charge

For the eyeing of my scars, there is a charge
For the hearing of my heart ——
It really goes.

> And there is a charge, a very large charge
> For a word or a touch
> Or a bit of blood
>
> Or a piece of my hair or my clothes.
> So, so, Herr Doktor.
> So, Herr Enemy.
>
> I am your opus,
> I am your valuable,
> The pure gold baby
>
> That melts to a shriek.

charge、すなわち見物料を払え、と言うのです。私のばらばらな部分を勝手に観覧しなさい、どうだ、見てごらん、だけど有料だよ、と言う。そしてここでまた、Herr Doktor とか、Herr Enemy といった聞き手が亡霊のように現れる。

レイディ・ラザルスに隠された物語とは？

　さて、これはいったいどういう詩なのでしょう。ここから先はちょっとフィクションめいた読み方をさせてください。この詩の背後にあるメカニズムを解き明かすには、ある程度踏みこんだ読みをしてみる必要があるからです。これはあくまでこちらが作品の行間に読み込むもので、必ずしもテクストにはっきりそうと書かれているわけではない。でも、「ああ、そういわれてみれば」という風に感じてもらえるのなら、まんざらでたらめな読みとも言えないでしょう。

　語り手は――そしてこの語り手はたぶんプラス本人にかなり近いはず、という憶測もついでに入れておきましょう――ほんとうはひとりでじっと座って、自分を見つめたい。自分がいったいどういう人間なのか、自分はどこから来て、どこに向かうのか、それを突き止めたい。語り手は自分のもっとも醜い部分、嫌な部分に面と向かうことで、何

とかそれを達成しようとする。そしてそれがほとんど完成しそうな瞬間というのが何度もある。「こうなのだ」と静かに納得できそうになる。

ところがそのたびに、そんな語り手の独り言を妨害する影があらわれる。語り手の独り言が完結し、精神の平安が訪れるのを妨害する影。影を見るや、語り手は自分に向けて語るのをやめざるをえない。どうしても、自分に向けてではなく、その影にむけて語らざるを得ない。それで言葉は乱れ、言葉の暴走とともに語り手の心の平安も失われていく。自分が誰なのか、それを定義したいという気持ちだけが空回りし、Iという語があふれているわりに、Iとはいったい何なのか、語り手にも読者にもわからなくなる。

敵の正体

語り手はその影が何なのか、はっきりさせようとしない。得体の知れない「敵」として見るだけで特定はしないから、やがてその影は拡散し、ついに世界全体と重なってきてしまう。こうなると語り手はどんどん追いつめられていきますね。敵はどんどん巨大化するのです。だから語り手は声を荒げ、とてつもなく大きな敵にむけて大声をはりあげなければならなくなる。最後に残るのは、結局統一感を持たされることなくばらばらのまま宙に舞った「私」と、最後までいるのかいないのかわからない、見えない「敵」だけです。

この敵とはいったい誰なのでしょう。フィクションのつづきで言えば、テッド・ヒューズだということになるのです。そのことが、今のような読者の手を借りたフィクションとしてではなく、もっとはっきりとテクストに書かれている作品があります。シルヴィア・プラスの最高傑作と言われている「ダディ」です。この作品をあわせて読むことで、プラスの語り手が声を荒げつつ崩壊していくことの意味がもっとはっきり見えてくるかと思いますので、こんどはこの作品を見てみましょう。

Sylvia Plath, 'Daddy' (1962)

You do not do, you do not do
Any more, black shoe
In which I have lived like a foot
For thirty years, poor and white
Barely daring to breathe or Achoo.

Daddy, I have had to kill you.
You died before I had time ——
Marble-heavy, a bag full of God,
Ghastly statue with one gray toe
Big as a Frisco seal

And a head in the freakish Atlantic
Where it pours bean green over blue
In the waters off beautiful Nauset.
I used to pray to recover you.
Ach, du.

In the German tongue, in the Polish town
Scraped flat by the roller
Of wars, wars, wars.
But the name of the town is common.
My Polack friend

Says there are a dozen or two.
So I never could tell where you
Put your foot, your root,
I never could talk to you.

シルヴィア・プラス「ダディ」

だめ　だめ
もうだめ　あなたは黒い靴
中に押しこめられた足みたいにあたしは生きてきた
三十年間　痩せ衰えて　血の気もなく
息もくしゃみもこらえてきた

ダディ　あたしにはあなたをやっつける必要があった
あなたはあたしが殺す前に死んだから
あなたは大理石のようにずっしり　まるで袋詰めの神様
ぞっとするような像　そこに生えた大きな灰色の足指は
サンフランシスコのあざらしみたい

いつもうねりを変える大西洋の海からぬっと頭を突き出して
豆色の緑と青との重なり合う
きれいなノーセットの沖に浮かんでいる
何とかあなたを助けようと祈ったものだ
あなたを　ドゥー

ドイツ語で　ポーランドの町で　祈ったの
戦争から戦争で
すべてぺしゃんこになった町
でもよくある名前の町だって
ポーランド人の友達は

十も二十もあるって
だからあたしには
あなたがどこに足を踏み入れ　どこから来たかわからなかった
あなたに話しかけることもできなかった

The tongue stuck in my jaw.

It stuck in a barb wire snare.
Ich, ich, ich, ich,
I could hardly speak.
I thought every German was you.
And the language obscene

An engine, an engine
Chuffing me off like a Jew.
A Jew to Dachau, Auschwitz, Belsen.
I began to talk like a Jew.
I think I may well be a Jew.

The snows of the Tyrol, the clear beer of Vienna
Are not very pure or true.
With my gipsy ancestress and my weird luck
And my Taroc pack and my Taroc pack
I may be a bit of a Jew.

I have always been scared of *you*,
With your Luftwaffe, your gobbledygoo.
And your neat mustache
And your Aryan eye, bright blue.
Panzer-man, panzer-man, O You ——

Not God but a swastika
So black no sky could squeak through.
Every woman adores a Fascist,
The boot in the face, the brute

顎の中で舌が引っかかった

鉄条網の罠にかかったのよ
イッヒ　イッヒ　イッヒ　イッヒ
舌がからんでしゃべれやしなかった
ドイツ人はみんなあなただと思った
ドイツ語は汚いと思った

機関車が　機関車がうなりをあげてる
音をたてながらユダヤ人みたいにあたしを連れ出していく
ダッハウへ　アウシュヴィッツへ　ベルゼンへ
あたしはユダヤ人の話し方になった
あたしはもうユダヤ人も同然だ

チロルの雪も　ウィーンの澄んだビールも
純粋でも真実でもない
あたしの先祖はジプシーであたしには奇妙な運命がつきまとい
それにタロットカード　このタロットカードで
あたしだってちょっとしたユダヤ人

あなたのことがずっと怖かった
ナチス空軍ばりのあなた　わけのわからない言葉でしゃべって
口ひげはぴんと揃ってる
アーリア系の　きれいな青い目
機甲師団　機甲師団よ　あなたは

神ではなくてかぎ十字
真っ黒で空なんか見えやしない
女はみんなファシストが好きなのよ
顔をブーツで踏まれるのが　あなたの

Brute heart of a brute like you.

You stand at the blackboard, daddy,
In the picture I have of you,
A cleft in your chin instead of your foot
But no less a devil for that, no not
Any less the black man who

Bit my pretty red heart in two.
I was ten when they buried you.
At twenty I tried to die
And get back, back, back to you.
I thought even the bones would do.

But they pulled me out of the sack,
And they stuck me together with glue,
And then I knew what to do.
I made a model of you,
A man in black with a Meinkampf look

And a love of the rack and the screw.
And I said I do, I do.
So daddy, I'm finally through.
The black telephone's off at the root
The voices just can't worm through .

If I've killed one man, I've killed two ——
The vampire who said he was you
And drank my blood for a year,
Seven years, if you want to know.

野蛮で残忍な心が

ダディ　写真に写ったあなたは
黒板の前に立ってる
足のかわりに　顎に裂け目
でも悪魔には変わりない
そうよ　黒い男に変わりはない

あたしのいたいけな赤い心臓を真っ二つに嚙み切った
あなたが埋葬されたときあたしは十歳
二十歳のとき　死んで
あなたのところへ行こう　あなたの元へ帰ろうとした
骨になっててもいいから　あなたがそこにいればと思ったの

でもあたしは袋からつかみだされて
接着剤でくっつけられた
それでわかったの　どうすればいいか
あたし　あなたの替わりになるものをこしらえたの
黒服を着て　『わが闘争』のヒトラーみたいな顔をしたあいつ

拷問が大好きなあいつ
あたし　わかった　わかったって言った
ダディ　やっと済んだのよ
黒い電話も根こそぎプラグを引っこ抜いたわ
どんな声もここまでは届かない

ひとり殺したら　ふたり殺したってこと
あの吸血鬼　自分があなたの身代わりだって言ったあの男は
まる一年あたしの生き血を吸ったの
ほんとうは七年よ

Daddy, you can lie back now.

There's a stake in your fat black heart
And the villagers never liked you.
They are dancing and stamping on you.
They always *knew* it was you.
Daddy, daddy, you bastard, I'm through.

---

3) 「う〜」の意味――シルヴィア・プラスの「ダディ」

「ダディ」の呪文

「ダディ」にははっきりと語りかける対象があります。タイトルにあるとおり、これは父に向けた詩なのです。「レイディ・ラザルス」にIが頻出しているのに対し、「ダディ」にはyouという言葉が非常にたくさん出てくる。しかもそのyouと韻を踏む、[uː]という音も過剰なほど使われ、まるでyouという語が一人歩きして一種のオブセッションとなり、詩全体に呪文めいた作用をおよぼしているかのようです。とくに冒頭。

> You do not do, you do not do
> Any more, black shoe
> In which I have lived like a foot
> For thiry years, . . .

you do not do という部分など、[uː]という原始的な音の連続の中からかろうじて意味が立ち上がってくるような気がします。それがだんだん形をなしてちゃんとした語りになってくる。

「レイディ・ラザルス」では得体の知れない影が語り手の自意識を攪乱し、言葉の乱れからヤケクソ気味の攻撃衝動や散逸感へとつながっていきましたが、ここでは daddy という対象がはっきりとあるおか

ダディ　もうゆっくりしていいわ

あなたの太った黒い心臓には杭が突き立てられてる
村人はあなたのことなんか好きじゃなかった
みんなで踊ってあなたを踏みつけてる
みんな悪いのはあなただってずっとわかってた
ダディ　ねえ　ダディ　バカ　やっとこれで終わりよ

げで、全体に逆の方向の力が強い。つまり求心性がはっきりしているように思われます。もっというと、一種の執着です。詩の言葉がいつも、daddy に向けた you という語の、[uː] の音に戻ってくる。

「う〜」がたくさん

プラスが幼い頃に父親は亡くなりました。そのかすかな思い出をたよりに父親の像を再び組み立て直し、再構築されたその父に訴えたり、なじったり、呪ったりしたあげく、ついに象徴的に父を殺す、そうすることで自由になる、というのがこの詩のだいたいの筋立てです。詩の結末、語り手は、村人により胸に杭を突き立てられて永遠にこの世から追放される daddy を想像することでその影を乗り越えるのですが、そのスタンザでも依然として [uː] の音は響き続けています。

> There's a stake in your fat black heart
> And the villagers never liked you.
> They are dancing and stamping on you.
> They always *knew* it was you.
> Daddy, daddy, you bastard, I'm through.

you, knew, through がかなり目立つ格好でお互いを引き立てあっている。とくにイタリック体になった knew という言葉は、キーワードとして使われているらしい。みんなずっとわかっていたのだ、というその「わ

かっていたのだ」の部分が強調されているわけです。どうしてでしょう。

幼児のマスク

　この問題を解くには、[u:] がどんな音なのか、ということを考えてみる必要がありそうです。同じ繰り返しでも [i:] や [ou] や [e] とは違いそうですね。[u:] は舌をそれほど器用に動かさなくても発することができる音です。口をごく単純な形にしたまま、わりに簡単に出せる。だから場合によっては、言葉以前を思わせるような、始源的な感じがする。おなかが痛くて思わずうめく人が発する音、言葉につまった人が出してしまう音、言葉を覚える前の赤ん坊が発する音、どれも「う〜」っていう音なのかなと思う。そういえば、この詩のタイトルの Daddy も、Father と比べると幼い呼び方ですよね。だとすると、[u:] の繰り返しは、幼さへの回帰を示唆するのかも知れません。語り手は [u:] の音を徹底的に響かせた語りを語ることで、幼児のマスクをかぶろうとしているのではないか。

　こう考えてくると、ああ、そうか、と思うことがある。先ほど引用した冒頭のスタンザで語り手はこんな言い方をしています：. . . in which I have lived like a foot / For thirty years, poor and white . . . 。つづくスタンザではこうです：Daddy, I have had to kill you. / You died before I had time。さらにもう少し先では：So I never could tell where you / Put your foot, your root, / I never could talk to you。この詩では父の思い出を再構築する部分が中心となるわけですが、その想起の際に語り手は、「今までずっと……だったけど、やっと言えるようになった」という言い方をしています。knew という過去形が意味しているのは、そういうことなのではないでしょうか。わかっていたけど、言いたくても、言えなかった。それが今やっと言える。その言えなかった感じというのが、ほんとうに舌が麻痺して動かなくなるような、生理的な現象にたとえられている。

The tongue stuck in my jaw.

It stuck in a barb wire snare.
Ich, ich, ich, ich,
I could hardly speak.

このあたりの事情は次のように説明できるでしょう(と、またフィクションの領域に入りつつあるのですが……)。「レイディ・ラザルス」と違い、語り手は、自分自身を語ることによってではなく、自分を脅かす謎の影について徹底的に語ることで、自分の陥っている困難から脱しようとしている。病巣は実は自分の中にあるのではなく、外にいる他者に根がある、そしてその他者とはどうやら自分の父であるらしいといったことがわかったのです。ただ問題は、父がすでに死んでしまっているということ。父については、幼い頃のかすかな思い出としてしか知らない。そこで語り手は父と直面するために、父の生きていた頃の自分に戻ってみせる。意図的に幼児化するのです。だから daddy なのであり、[u:] 音なのです。

今なら言える

こうすることで、やっと語り手は父を語ることができる。今までは父を語ろうにも語れなかった。金縛りにあったみたいに、舌が動かなくなった。ところがおもしろいことに、あえて幼児的な言語の不自由に自ら足を踏み入れ、父に向け「お父さん、お父さん」としつこく呼びかけると、その不自由さゆえに、今までできなかったことができるようになるのです。だから I could hardly speak という言い方になる。今までは言えなかった、でも、今なら言える、という。

そういうわけで、この詩は一方で実に拘束感が強く、まるで舌が [u:] 音の魔法にかけられたように、ぶつぶつと狭いところを行ったり来たりしている感じもさせますが、その一方で「やっと言えた、これで自由だ」という解放感もある。これは、「あなた」という対象を得たことで、語り手の抱える「誰かに訴えたい」、いや、そもそも「誰かに

語りかける言葉を発したい」という願いがかなえられたからです。「あなた」「ダディ」と対象を限定することで、「レイディ・ラザルス」にあったような、言葉の無軌道な拡散が回避されている。「ダディ」もまた絶叫調を思わせる語りによっているのかもしれませんが、「レイディ・ラザルス」よりは波が少ない分、はじめから最後まである程度統一されたトーンで daddy に語りかけることになります。

ダディの真相

しかし、この詩にはもうひとつ謎があります。daddy とはほんとに daddy なのか、ということです。多くの批評家が、この daddy とは、実はプラスの元夫であるテッド・ヒューズを指すのだと指摘しています。ここに描かれる影の像は、プラスがまだ幼いころに亡くなってほとんど記憶に残っていないかもしれない父よりは、はるかにヒューズのイメージに近いように思えるからです。それを語り手は無理して daddy と呼んでいるのではないか。だからこの詩にある you に対するしつこいような働きかけは、ほんとは you ではない、つまり、もはや語りかけることも不可能なくらい遠くに行ってしまった何者かに無理やり語りかけたことにするための、一種の偽装だったのではないか、とも読めてくる。

[u:] を基調にしたこの詩の叫びには、そういうわけでいろいろな語り手の態度がからみあっています。自閉症的に幼児化して、言葉以前の、コミュニケーション以前の世界に閉じこもろうとする語り手。やっと語りかける相手を特定して、言葉の矛先を見出した語り手。しかし、同時にそれがウソだと知っている語り手。いくら誰かに語りかけたことにしても、結局はそれは自分のつくったフィクションとして木霊のように自分にかえってくるだけかもしれない。

こうしてみると、一見強烈な叫びと思えたプラスの語りは、聞き手と実に複雑で微妙な関係を持っていることがわかってきます。プラスの詩は外向きの表出である一方で、内へ退行していく自閉でもある。また他者との交流や働きかけであるようでいて、同時に自分自身の抱

えたオブセッションへの回帰である。

　興味深いのは、ヒューズについてプラスが、その声が「神のようである」と言っていることです。詩人として先に華々しいデビューを飾ったヒューズは、プラスから見るとしっかりと自分の声をもった書き手だった。その声高さをときにプラスは模倣したりもしましたが、決してヒューズのような安定した詩の世界をつくることはありませんでした。プラスの詩が力を持つのは、むしろ「レイディ・ラザルス」や「ダディ」のように、その声高さが叫びと自閉の間をさまよい、誰かに語りかけているのかどうかさえも不分明で、つぶやきと語りかけとの間の微妙な領域を行ったり来たりするときであるように思えます。おそらくそこにこそ、プラスの切実さがあらわれているからです。

Ted Hughes, 'The Thought-Fox' (1957)

I imagine this midnight moment's forest:
Something else is alive
Beside the clock's loneliness
And this blank page where my fingers move.

Through the window I see no star:
Something more near
Though deeper within darkness
Is entering the loneliness:

Cold, delicately as the dark snow,
A fox's nose touches twig, leaf;
Two eyes serve a movement, that now
And again now, and now, and now

Sets neat prints into the snow
Between trees, and warily a lame
Shadow lags by stump and in hollow
Of a body that is bold to come

Across clearings, an eye,
A widening deepening greenness,
Brilliantly, concentratedly,
Coming about its own business

Till, with a sudden sharp hot stink of fox
It enters the dark hole of the head.
The window is starless still; the clock ticks,
The page is printed.

テッド・ヒューズ「思考狐」

私は想う　この真夜中の時に
何かがいる　と
時計が孤独に針を打ち
真っ白い紙の上を私の指が動く　その傍らに

窓の外に星はない
もっと近くの何かが
闇に深く沈んだまま
この孤独へと足を踏み入れる

寒さの中　闇に降る雪の静けさでそっと
狐の鼻が枝に　葉に　触れる
ふたつの目を光らせた動き　それが今
まさに　この瞬間　いよいよ

整然と雪に足跡を残す
木々の間に　そのあとを
ふらついた影が切り株のわきをすぎ　窪地を通る
身体の方はどんどんと行く

広場を横切る　目だ
緑が濃く　深く　広がる
見事だ　寸分の狂いもなく
何かを求めて

そうして　突然　鼻をつく生暖かい狐の匂い
頭の暗い芯にそれは届いた
窓の外に星は見えない　時計は進む
紙には文字が刻まれた

テッド・ヒューズ（1930〜98）

　英国の詩人。ヨークシャー出身。この地方の自然の喚起するイメージは詩作において重要な役割を果たしている。ケンブリッジ大学で英文学を専攻するも魅力を感じず、考古学と人類学に専門を変更、卒業後は映画の脚本書きなどさまざまな職業を転々としながら詩を書き続けた。1956年、たまたまケンブリッジを訪れていたときに米国からの留学生シルヴィア・プラスと知り合い、深い関係になる。間もなく結婚。ヒューズの詩作は順調で、その独特な暴力性や自然描写が注目を浴びるようになる。初期のものは、本書でも取り上げた「思考狐」、「パイク」などのほか、「豹」、「カワウソ」など動物を扱ったものが有名。

　しかし、ユダヤ系ロシア人の人妻アッシア・ウェヴィルとヒューズとの不倫問題もあり、プラスとの夫婦関係は破綻、プラスは子供を残して自殺する。しかも、このアッシアも後に子供を道連れに自殺を遂げたことから、ヒューズはフェミニストをはじめとする多くの人々から非難を浴びることになる。この時期のヒューズには子供向けの作品が多く、1970年の『カラス詩篇』には暗い雰囲気が漂う。

　ヒューズには元々神話への興味が強く、土地に宿る魂を求める傾向から、イングランド伝来のものへの関心も深まっていく。1984年に桂冠詩人の職を引き受けたのも自然な成りゆきと言える。プラスとの関係については一切沈黙を守ったが、1998年、癌で亡くなる直前に、ふたりの関係を歌ったプライベートな詩群を『誕生日の手紙』として刊行。ふだんとはちがった、肩の力の抜けたスタイルとも相俟って、大きな話題を呼んだ。

4）「私」のための劇場
——テッド・ヒューズの「思考狐」と「パイク」

仕掛けのある詩

　プラスの不安定な声の世界と、ヒューズの声の世界とを比べてみると、より興味深いコントラストが見えてきます。ふたりの伝記的な事実と、こうした詩のスタイルの違いには関係がありそうにも思えてくる。プラスの詩の世界は、ヒューズにかなりの影響を受けたらしいけれど、ヒューズの作品世界にも少なからずプラスの影響はあったのです。ただ、後者の方はつい最近まで明るみに出なかったことでもあります。こんどはそのあたりについて見てみましょう。

　もともとテッド・ヒューズの作品は揺るがぬ安定感を持っていました。同じ繰り返しでも、プラスのそれのような危機意識や助けを求めるような必死さとはちがった、いかにも芝居めかした大げさな感じがする。たとえば 'Thought-Fox' という詩では、狐の目が闇の中に光る様が次のように描かれます。

> Two eyes serve a movement, that now
> And again now, and now, and now
>
> Sets neat prints into the snow
> Between trees

こうした部分での now の繰り返しは、明らかにドラマをつくるためのもので、語り手から読者に対する「さあ、聞け。いよいよだ」というメッセージがはっきりしています。言葉の過剰さや逸脱は、だいたいは目的のはっきりした詩的な仕掛けなのです。

　「思考狐」は夜中にひとり原稿用紙に向かう詩人が、闇の中をそうっと近づいてくる狐を想像する、という設定になっています。狐が雪に点々と足跡を残しながら、夜の森を着実に歩いてきて、ついに語り手の部屋に、語り手の頭に、ぷんとする匂いとともに足を踏み入れる、すると作品が完成していた、という粗筋です。登場する人間は語り手

だけ。舞台は雪に降り込められた真夜中の部屋。セリフもない。狐の音も立てぬすばやい動きだけにスポットがあてられる。静寂の中で緊張感が際立つ作品です。

　この詩はどんな声で語られるでしょうか？　きっと声をうんと低くしぼって、腹から出すようにして迫力をこめ、ゆっくり読まれるので

Ted Hughes, 'Pike' (1960)

Pike, three inches long, perfect
Pike in all parts, green tigering the gold.
Killers from the egg: the malevolent aged grin.
They dance on the surface among the flies.

Or move, stunned by their own grandeur,
Over a bed of emerald, silhouette
Of submarine delicacy and horror.
A hundred feet long in their world.

In ponds, under the heat-struck lily pads ——
Gloom of their stillness:
Logged on last year's black leaves, watching upwards.
Or hung in an amber cavern of weeds

The jaws' hooked clamp and fangs
Not to be changed at this date:
A life subdued to its instrument;
The gills kneading quietly, and the pectorals.

Three we kept behind glass,

はないでしょうか。思い切り芝居がかった、もったいぶった調子で。どうだ、と舞台上から堂々と読者に語りかける。その一方、孤独な緊張感を出すためにささやくような密やかさも維持する。おおっぴらに見せびらかされた孤独とでもいうのでしょうか。だから、そういうのが鼻につく、という人もいるかもしれません。

テッド・ヒューズ「パイク」

パイク　丈は三インチ　完璧
端から端までパイクそのもの　緑がまだらに金色を飾る
生まれて以来の殺し屋　年をかさねた邪悪な笑い
蠅を追って水面に踊る

あるいは動く　自分の巨大さに呆気にとられ
エメラルド色に光る水底を
優美でおぞましい水中世界ならではの影をつくりながら
百フィートにも見える

池で　熱射を浴びた睡蓮の花の下――
闇に静かに行く
去年からの黒ずんだ葉に乗って　見上げる
また　琥珀色に水草の生い茂る中　吊される

蝶 番になった顎の留め部と牙
もう変化はしない
道具に従属し生きていく
エラが静かに動く　胸ビレも

三匹　水槽に飼っていた

Jungled in weed: three inches, four,
And four and a half: fed fry to them ——
Suddenly there were two. Finally one

With a sag belly and the grin it was born with.
And indeed they spare nobody.
Two, six pounds each, over two feet long,
High and dry and dead in the willow-herb ——

One jammed past its gills down the other's gullet:
The outside eye stared: as a vice locks ——
The same iron in this eye
Though its film shrank in death.

A pond I fished, fifty yards across,
Whose lilies and muscular tench
Had outlasted every visible stone
Of the monastery that planted them ——

Stilled legendary depth:
It was as deep as England. It held
Pike too immense to stir, so immense and old
That past nightfall I dared not cast

But silently cast and fished
With the hair frozen on my head
For what might move, for what eye might move.
The still splashes on the dark pond,

水草をかきわけ泳ぐ　三インチのもの　四インチ
四インチ半　稚魚を与える——
突如二匹になった　ついには一匹

生まれたときからたるんだ腹と笑み
ほんとうに　何者も容赦しない
二匹いた　それぞれ六ポンドの重さ　二フィートを越える
ヤナギランの間に浮かんでいる　からからになって　息絶えて

一方がエラのところまで　他方の喉に呑みこまれている
外側の目は見開かれ　万力で挟んだよう——
目はそれくらい強固
死んで膜は縮んでいるけれど

池で釣りをした　向こう岸まで五〇ヤード
睡蓮も屈強な鯉も
修道院の手になる石の
どれよりも長く生きている

伝説を宿した深みが静まりかえる
イングランドそのものの深み　そこに
巨大で身動きもならぬパイク　あまりに巨大で年期の入った存在
　　　に
日が暮れてからは　なかなか釣り糸を投げられない

が　あえて投げる　静かに
髪が凍りつく
動くものを獲物に　動く目をめがけて
暗い池に静かに水音が響く

Owls hushing the floating woods
Frail on my ear against the dream
Darkness beneath night's darkness had freed,
That rose slowly towards me, watching.

> **pike** カワカマス。ヨーロッパ・北米に生息する食用淡水魚。釣魚として有名。口先がとがっていることから、「穂先・矢尻」を意味する pike になぞらえて命名されたとされる。

舞台上でささやくこと

'Pike' の場合は自分のことを描いたのではなく、あくまでパイクを主人公にした作品ですが、ささやき気味の、しかし劇場全体に響き渡るような太い声、という印象は同じかもしれません。

Pike, three inches long, perfect
Pike in all parts, green tigering the gold.
Killers from the egg: the malevolent aged grin.
They dance on the surface among the flies.

ここでの pike という音の繰り返しも、あくまでパイクの偉容を引き立てるための安定したものです。たしかに語り手とパイクとの関係は一定ではありません。語り手はパイクを子細に観察し、目を見張ったり、おののいたりする一方、餌を与えたり支配したりする立場でもある。パイクの死を看取ることもある。釣ることもある。でも、パイクという、なんかすごい奴にとことん感動してみせる、という土台は揺るがない。え、そんなに？　というくらい、子供っぽいほど大げさな比喩を使って、パイクの神秘的な存在感を強調しようとします。

A pond I fished, fifty yards across,
Whose lilies and muscular tench
Had outlasted every visible stone
Of the monastery that planted them ──

漂流する木片を静まらせるフクロウの声が
私の耳に弱々しく響く　夢が
夜の闇に覆われた奥深い闇から解き放たれて
ゆっくりと私に迫ってくる　目を見開きながら

Stilled legendary depth:
It was as deep as England.

太古の昔からあるような、神秘的な古めかしい池で、主となったパイクを釣るという。その池が as deep as England というのはわかったようでわからない比喩ですが、表面的な意味としては、イングランドという文化圏の起源のときからある象徴的な存在だということでしょう。

「みんな一緒なのだ」の劇場

ここで as deep as England と言ってしまえるあたりがヒューズらしいところだと言えます。プラスの中にもナチスの比喩のようなものは出てきましたが、それはあくまでどさくさの中で、便利に嫌悪感を表象するイメージとして用いられていたように思えました。1950 年代から 60 年代の欧米でてっとり早く被害者意識を想起させたのが、たとえ本人がユダヤ系でなくても、ナチスドイツによる迫害だったということなのでしょう。だから中心となっていたのは、プラス自身の被害者意識であり、国家とか、文化とかいうものはあくまで衣裳としてまとわれ、二次的な意味を持つにすぎなかった。これに対しヒューズの場合、語り手がイングランドからパイクへと及ぶ文化圏の磁場のようなものに、まったく違和感なく同一化している感じがします。legendary depth といったときにも、明らかに語り手はその legend を共有しているし、読者も共有しているはずだ、という安心感があるよう

に思えます。

　先ほどから私は芝居がかったとか、劇場という言い方をしていますが、それはヒューズの詩を読んでいると、読者と語り手の間でしっかり空間と時間とが共有されているという感じがするからです。ちょうど、ひとつの劇場に集った観客と役者の関係のように、「ここではみんな一緒なのだ」という一体感が前提とされている。それを共同体意識とまで呼ぶかどうかは微妙かもしれません。観客はあくまで入場料を払ってそこにいるわけで、一体感は一時的な契約関係にすぎない。だから語り手もああやって過剰な身振りでしきりにサービスしなければならないわけです。とはいえ、少なくとも劇場という場を借りた共同幻想のようなものがちゃんと機能するのだ、という前提はありそうですね。

私的でない私
　こういうわけで、ヒューズの語りというのは、あまり私的な感じがしないのです。語り手が低いささやき声で孤独を語っているときにも、何となくその「私」は「公的な私」という感じがする。今「パイク」の一節で確認したように、私もパイクも池もイングランドも、みな大きな秩序の一部としてつながっているのです。それらの間には根本的な違和感はなく、たとえ対決や瞠目や憧れや恐怖が入りこんだとしても、究極のところでは、同心円上の安定した意味の磁場が生じていて、

Ted Hughes, 'The Shot' (1998)

Your worship needed a god.
Where it lacked one, it found one.
Ordinary jocks became gods ——
Deified by your infatuation
That seemed to have been designed at birth for a god.

みながそこにつながっているという感覚がある。そして読者もまた、その磁場に属し、語り手の言うことをあますところなく理解してくれるわけです。だから言葉の過剰も、逸脱も、結局はわかりやすい「仕掛け」として説明され、不安や断絶を呼び起こすことはない。

　ヒューズの語りはこういう意味で非常に共同体的です。たとえ秘密めかした囁きや、奇怪さが前面に出ていたとしても、語りは結局は「大きな全体」に向けたものとして、堂々と語られる。どんなに小さな声に設定されていたとしても、大きな声で語られざるを得ない。

　ただ、そんなヒューズがあくまでプライベートに語ろうとした作品群があります。実はこれはヒューズが癌で亡くなる前、つまりすでにプラスの衝撃的な自殺から30年以上が経過し、詩人が70歳近くになってからはじめて明るみになったことなのですが、ヒューズにはプラスに宛てて書いたきわめて個人的な詩群があったのです。プラスの死後、ヒューズはふたりの関係について完全に口をつぐみました。波乱に富んだふたりの間でいったいどんな会話が交わされ、どんな出来事があったのか。ヒューズはそうしたことについて一切語りませんでした。プライベートなことがパブリックになることを嫌ったのです。だから、プラスに宛てた詩をもヒューズは一切発表してこなかった。ところがいよいよ自分の死を前にして、ヒューズはそれらの作品を公にすることにしたのです。その中からの作品を見てみましょう。

テッド・ヒューズ「一撃」

ひとりの神をかかげて崇拝する　それが君の流儀だった
神がいなくても　見つければいい
ふつうの奴でも神になれた──
君が夢中になりさえすればいい
心酔し神を求める　それが生まれたときからの君の定め

It was a god-seeker. A god-finder.
Your Daddy had been aiming you at God
When his death touched the trigger.
                           In that flash
You saw your whole life. You ricocheted
The length of your Alpha career
With the fury
Of a high-velocity bullet
That cannot shed one foot-pound
Of kinetic energy. The elect
More or less died on impact ——
They were too mortal to take it. They were mind-stuff,
Provisional, speculative, mere auras.
Sound-barrier events along your flightpath.
But inside your sob-sodden Kleenex
And your Saturday night panics,
Under your hair done this way and done that way,
Behind what looked like rebounds
And the cascade of cries diminuendo,
You were undeflected.
You were gold-jacketed, solid silver,
Nickel-tipped. Trajectory perfect
As through ether. Even the cheek-scar,
Where you seemed to have side-swiped concrete,
Served as a rifling groove
To keep you true.
                           Till your real target
Hid behind me. Your Daddy,
The god with the smoking gun. For a long time
Vague as mist, I did not even know

神探し　神見つけ
神に照準を合わせたのはダディのせいだ
ダディの死が引き金になった
　　　　　　　　　　　　　　　　　その閃光の中で
君は自分の人生のすべてを見た　君はあちこちぶつかりながら
Ａランクばかりの優等生人生をひた走り
高速弾丸の勢いで
一フートポンドのエネルギーさえ
失うことはなかった
標的に選ばれた者たちは
たいがい即死
生身の人間では君を受け止めることはできない　標的はどれも
君の心の産物　仮りの　頭でこしらえた　ただの霊気
飛び去っていく途上の　音速飛行ならではの障壁にすぎない
でも　びしょぬれのティッシュにまみれ
土曜の夜ごとに大騒ぎ
ヘアスタイルをああでもないこうでもないといじり
反動で落ちこみ
ひとしきり泣いて落ち着いてみると
君はやっぱりいつもの君だった
金の被甲に　中は銀
先端はニッケル　完璧な弾道は
まるで天空に満ちる霊気を貫くようだ　頬に
コンクリで引っ掻いた傷が残っても
それはらせん溝となって
君をまっすぐ行き先へと向かわせる
　　　　　　　　　　　　　　そうしてついに君の標的は
僕の後ろに隠れた　君のダディだ
硝煙たなびかせる銃を手にした神　長らく
霧中にあって　僕は

I had been hit,
Or that you had gone clean through me ——
To bury yourself at last in the heart of the god.

In my position, the right witchdoctor
Might have caught you in flight with his bare hands,
Tossed you, cooling, one hand to the other,
Godless, happy, quieted.
     I managed
A wisp of your hair, your ring, your watch, your nightgown.

---

5) プラスの居場所——テッド・ヒューズの「一撃」

プラスはなぜ詩を書いたのか

'The Shot' の出だしは、ずばりとプラスの急所を言い当てます。

> Your worship needed a god.
> Where it lacked one, it found one.

ヒューズが言いたいのはこういうことかもしれません——プラスの詩には、しばしば得体の知れない他者の影がつきまとう、プラスの詩はその影を追い払うための悪魔払いのようにして語られるけど、逆に言うと、影があるからこそ、プラスは詩を書く必要があった、プラスの自我は否応なくその影との関係の中でつくられていたのではないか。

プラスの外に向けた叫びを、ヒューズは弾丸の比喩で語ります。

> You ricocheted
> The length of your Alpha career
> With the fury
> Of a high-velocity bullet
> That cannot shed one foot-pound
> Of kinetic energy.

撃たれたことさえわからなかった
君が僕を貫通したこと——
ついに君が神の心臓へと自ら突き刺さっていったことを

こんなとき　ちゃんとしたまじない師なら
飛んでいく君を素手で捕まえたかもしれない
その手であやされ　なだめられ　左右に揺すられるうちに
君は神なしでやれる　幸福な　平安を得たかもしれない
　　　　　　　　　　　　　　　　　　　　僕に残されたのは
君の髪の毛の一束　指輪　腕時計　寝巻だけだった

　影に対するプラスの語りはだいたい攻撃的です。でもそれは殺傷力を持つような激しい憎悪をこもらせる一方で、同時に相手に近づいていきたい、もっとそばにいたい、という接近の衝動をも土台にしている。そういう意味で弾丸の比喩はまさにぴったりかもしれません。相手に間近まで近づき、貫通し命を奪うことで、自分のものにする。

二人称の世界

　こうした描写が、主に you とか your といった二人称を用いてなされるというのは大事な点でしょう。

> . . . inside your sob-sodden Kleenex
> And your Saturday night panics,
> Under your hair done this way and done that way,
> Behind what looked like rebounds
> And the cascade of cries diminuendo,
> You were undeflected.

中心となるメッセージは、you were undeflected、つまりプラスがいかに猪突猛進で、思いこみが強く、強烈な愛憎の感情をもっておそろしいほどの勢いで対象に向かっていったかという所にあるのでしょう

が、その過程で your Saturday night panics とか your hair done this way and done that way というように、your という言葉をわざわざ使う表現にしてある。こうしていちいち your と入れることで、語り手がプラスと二人称の関係である、しかもそれが、周囲の世界をシャットアウトするほどに閉じた関係であった、ということが強調されるのではないでしょうか。君のことは自分にしかわからない、君のほら、あれだよ、という言い方になっているのです。

　相手と二人称の閉じた関係をつくる。それは、ひそひそ声で他の人には聞こえないように囁き合うという状況でしょう。「思考狐」や「パイク」のような詩でも秘密めかした低い声が聞かれましたが、それとはちょっと違うようです。ここでの二人称は、ヒューズなりに他者を意識した跡なのではないでしょうか。「思考狐」や「パイク」といったヒューズの作品では、その中心にどっかと安定した語り手がいて、他者やその周囲の世界が、完全に彼の言語圏に取り込まれているという印象がありました。対象があますところなく、すべて語り尽くされてしまう。こぼれおちてしまうもの、わからないままぼんやり向こうに霞んでいるものなどはなく、すごいぞ、神秘的だ、おそろしい、と語り手が騒いでいるわりに、すべてがくっきり見えてしまう感じがあった。だからそこでは、ひょっとすると、ほんとうの意味での他者はいないのかもしれない。それに比べると「一撃」の中で二人称で誰かについて語るのは、そうした語り手の強力な支配感をゆるめようとする仕草かもしれない、と思うのです。

プラスの居場所

　プラス自身の詩は、得体の知れない他者の影に二人称の語りかけを通して面と向かおうとしていました。しかし、二人称の相手は決して応答してくれることはなく、プラスの叫びはどんどん声高に、より遠くに向けて発せられることになる。だから長い弾道を描くような弾丸たらざるを得ない。ヒューズはそれに対し、同じく二人称の土俵に乗ることで答えようとしました。もし彼が三人称で語ってしまったなら、

例によってあの強力な声の力ですべてを語ってしまうかも知れない。だから、君と僕だけの、という関係の中で語ることで、プラス自身に存在の余地を残そうとした。ヒューズに呑みこまれてしまわない、プラスの生きる場所をあつらえようとした。ヒューズがこうした作品をずっと公にしなかったのもそのためでしょう。大きなスキャンダルとなったプラスの事件について自分が発言すれば、それは否応なく公の声となる。「君と僕だけ」のままでありつづけることはできない。そうすればまた、結局はプラスを自分の声の支配下に引きずり込んでしまう。

　しかし私たちが読むのは結局は公になったヒューズの声なのかもしれません。二人称を通し彼が閉じた二人だけの世界をつくろうとしたのはよくわかるけれど、私たちはどうしてもそこにプラスに向けたのだけではない、つまり、世間全体に向けたヒューズのメッセージを読んでしまう。ゆるめの韻律とともにとつとつと散文的に展開する語り、西部劇をおもわせるような笑劇性など、今までのヒューズにはない軽みがあって、あの力んだ語り手に慣れた読者にはこうした仕草自体たいへん感動的なのですが、ヒューズの語りにいつもある強烈な打撃感はここにもある。

　　　　　　　　　　Even the cheek-scar,
　　Where you seemed to have side-swiped concrete,
　　Served as a rifling groove
　　To keep you true.
　　　　　　　　Till your real target
　　Hid behind me. Your Daddy,
　　The god with the smoking gun.

your real target / Hid behind me. Your Daddy, / The god with the smoking gun というところ、ずしりとくる感じがあります。ヒューズとしてもここは譲れないところだったのでしょうか。君のほんとうの的は父だったのだ、と言いたい。しかし、ほんとうは逆だったのかも

しれない。「ほんとうの的は父だったのだ」と思えることが間違いで、実は父の背後にこそヒューズがいたのでは？ とまで読ませることが出来たら、プラスとヒューズとの間の、永遠に決着のつかない感動的な二人称関係の再現と言えないこともないかもしれません。

つづく部分ではヒューズはもう少しトーンを下げて、言い訳気味に語ります。

> For a long time
> Vague as mist, I did not even know
> I had been hit,
> Or that you had gone clean through me ——
> To bury yourself at last in the heart of the god.

どうでしょう。さっきの Your Daddy, / The god with the smoking gun. のあたりに比べるとずっとやわらかいですね。I did not even know / I had been hit が結構効いているようです。よくわからないけどやられちゃった、という。こうして引き気味に相手を受け入れることで、ヒューズはプラスとの二人称関係を維持しようとしているのです。

君はすでに死んでいる

プラスがすでに死者であるということは大事な点です。死者に対する哀歌として語られることで、この詩は二人称的な囁きとなろうとする。しばしば哀歌はこの世から旅立つ死者に対し、絶叫調の嘆きを浴びせるものですが、生前声高に語り続けたプラスの激しさとバランスを取るようにして、ヒューズの弔いは静かで感情を抑えたものになっているのです。

こうして見ると、プラスとヒューズの実生活における声のぶつかり合いと、ふたりの作品における「音量」とはいろいろな意味で密接にからみあっている、ということが見えてくるかと思います。プラスはより声をあらげることで、二人称という形で、遠くに行ってしまったヒューズに呼びかけ続けた。しかし、彼女にほんとうに必要だったの

は他者ではなく、自分に向けて語る静かな声だったのかもしれない。ヒューズはそのことがわかっていた。だからものすごく音量を落とした、限りなくプライベートな声で語ることで、プラスとコミュニケーションをとろうとしている。しかし、それができたのはプラスが死んでからのことだった。いや、この詩が発表されたとき、すでにヒューズ自身が自分の最期を自覚していたわけだから、ふたりに同時に向けた哀歌だったとも言えるのかもしれません。

　音量を落とした密やかな語りなど、決して公には実現されないのか。私たちが読んだ瞬間から、ヒューズの your real target / Hid behind me という部分は世間に対する声高なメッセージとなるのかもしれません。難しいところです。ただ、声高な語りに対し、うんと声を落として語られなければならない語りもある、そしてその両者の共存が同一詩人において重要になることもあるし、また、ヒューズとプラスのような関係性の中で、実生活とパラレルになりながら意味を持つこともある、ということは覚えておいていいでしょう。

第3章

英詩は失敗する

ディキンソン / ロレンス / ヒーニー

1) なぜ静かに語るのか

今では紙に書く

　文学史の教科書に必ず書かれているのは、文学がもともと口承(口伝え)だった、ということです。紙に書かれたり印刷されたりする前は、文学は口に出され、耳で聞かれるものだった。だから詩は文学の起源にあるのだ、とも言われます。韻やリズムのような形式があるおかげで詩は記憶に残りやすく、文字というメディアがない時代には、世代を越えて作品を伝えていくための重要な容器として詩の形が重宝されたわけです。

　しかし、こうした「口承起源説」をあまり強調しすぎることには私は反対です。メディアの持っている意味は時代とともに変わっていきます。たしかに詩はかつて、口に出されることによってこそ記憶を助け、伝える、という機能を果たしていたかもしれない。が、媒体の中心が話し言葉から書き言葉に変わり、文学と言えば紙に記録されたものを指す、という時代が数百年続いてみると、歴史を根拠に「もともと文学は口に出されるものだったのだから、やっぱり声に出して読まないといけない」と主張するのはやや安易に思えます。むしろ、かつて口に出されていたものが紙に記されるようになった、という歴史こそを頭に入れた上で、あらためて詩のあり方というものを考えてみる必要があるでしょう。この章ではそのあたりを話題にしてみます。

20世紀詩の「これじゃ、いかん」

　19世紀から20世紀にかけて詩の書かれ方に大きな変化が起きました。一言で言うとそれは、形式からの解放です。どの時代にも「これじゃ、いかん。やり方を変えよう」と、新しい方法で詩を書いた人はいましたが、とりわけ19世紀のロマン派詩人ワーズワスが「もっとふつうの言葉で書こう」と宣言したのは、多くの詩的革命の中でも特筆すべきで、現代までその余波が及んでいる出来事として取り上げられることが多いです。

たしかにワーズワスの詩の多くは、彼の宣言にたがわず、すがすがしい新しさに満ちています。何よりも自分は新しいのだ、と自信満々で語っているさまが印象的です。そのあたりは第1章の「英詩は嬉しい」でも確認しました。ホイットマンになるとその新しさはもっと過激な形をとります。それ以前の詩に親しんだ人にとっては、「いったい何これ？」と思いたくなるくらい、異質な世界です。

　ワーズワスやホイットマンに共通していたのは、その元気さでした。形式をうち捨てるぞ、という身振りがそのまま語り口の元気さと結びつき、作品中には陽気ではしゃぐような、「なあ、みんな」と声を大にして語り出すような力がみなぎっています。そういう意味では彼らの詩に「声」への回帰があることは疑いないでしょう。しかも単なる声への回帰だけではなく、まるで声に出しているかのように語ることで、詩人とは多くの人に一度に呼びかけを行える人なのだ、という考えを生み出すことにもなった。

　ヒューズのところでも触れたように、このような詩の語り手はどこかで共同体の存在を前提としている、もしくは共同体を創出しようとしているらしいのです。不特定多数の読者に語りかけるためには、どうしても大きな声を出さなければならない。だから、とくにホイットマンの影響を受けた詩人には、ともすると絶叫調と呼べるような激しい語り口をとる詩人が多いです。

解放された暗さ

　しかし、形式からの解放が必ずしも絶叫調に直結するわけではありません。ワーズワスやホイットマンが「陽性」だとすると、逆に形式をうち捨てることで「陰性」を露わにした詩人たちもいました。形から解放されることで、押し黙るような、じっと静かに佇むような、そういう詩を書いた人たちもいたのです。

　なぜ詩人は小さい声で語るのでしょう。ひとつには、自分の語ろうとしていることがあまりに特殊で、とても「なあ、みんな、そうだろ」とは言えないから。むしろ「こんなこと、とても人には言えないなあ」

というようなことを題材にしているから。ただ、その辺は微妙で、「とても人には言えない」なら、はじめから何も言わなければいいのに、それでも語らずにはいられない、という気持ちが生ずるらしいのです。人には言えない、人に言っても理解されないだろうけど、それでもなお、いや、だからこそ、人に言いたい。

　微妙な心理ですよね。ふつうに言ったらウソになるだろうな、ちゃんと伝わらないだろうな、とか、相手に嫌がられるだろうな、とか、理解されなかったり、無視されたりして、かえってこちらが傷つくだろうな、なんて、私たちは言葉を発する前にずいぶん余計なことをいろいろ考えるものです。それでも言いたいという衝動はある。それは、伝わらないかもしれない、とか、言わない方がいいかもしれない、という部分までも含めて言葉にしたいからであり、そうすることで誰かに聞いてもらいたいからなのでしょう。そして読者もまた、そういう部分があることを知っているから、「そうだよな、わかる、わかる」などと思いながら読む。

詩が寡黙になる理由

　言おうか言うまいか、といろいろ考える場所を内面と呼ぶことは皆さんご存知だと思います。詩という形で言葉が発せられるときには必ずと言っていいほど、この内面の影を引きずっていて、その読みとり方次第で字面の意味はどうとでも変わってくる。小さい声で語られる詩というのは、とりわけこの内面の比重が高くなっています。表向きの言葉よりも、その影にあるものにこそ耳をすませて欲しい、という願いが強くなっている。それは詩が言葉として寡黙な分だけ、詩の向こうにある語られないものが聞こえやすくなるからでしょう。そう考えてくると、なぜ声に出してはいけないか、という理由がよりはっきりするのではないでしょうか。

　近代から現代にかけて、詩はむしろ「弱さ」をこそ標榜するメディアになったということを先に言いました。その背景にはこんなことがあるのかもしれません。詩、とくに抒情詩は、もともと「気持ち」を

表すのに相応しいジャンルと考えられていました。とくに19世紀には、詩人のあふれんばかりの感情をどどっとこぼれるように表現するための方法が詩である、とされるようになった。ところが20世紀に近づくにつれ、「気持ち」なるものをそのままどどっと口にしてしまうことについて、人が慎重になります。

　そもそも、たとえば18世紀くらいまでのヨーロッパでは「気持ち」はもっと身体的なものでした。日本語でも地団太踏む、とか、噴飯する、といった表現がありますが、怒ったり喜んだりすることがそのまま体の動作として表れるということが極めて自然だった時代があったわけです。そういえば、ゴシック小説なんかでもショックのあまり失神する女性がかならず出てきますよね。

　今、現代を描いた作品で、あまりに感情がどどっと表出されていたら、きっと私たちは違和感を抱くに違いありません。もちろん文化圏の差はあって、私たち日本人はとりわけ感情を表に出すのを嫌う傾向があるので、ヨーロッパでも、韓国でも、南米でも、別の文化圏の人の様子を見て、「どうしてあんなに激しく気持ちを表に出すのだろう？」と賛嘆とともに違和感を感じるということがありますが、ただ、全体として、現代に近づくにつれ人が感情を表に出さなくなった、とは言えるようです。

　こうした文化の変容に伴って、詩のあり方も変わってきたわけです。感情とは外に出るものであるよりも、内に隠されるものとなってきた。だからそういう影の部分を表現するための手段として、言葉として弱かったり、声がか細かったり、わかりにくかったり、場合によっては表現として失敗しているように思えたりすることがかえって都合が良いということになってきた。大きい声やはっきりくっきりした表現では、うじうじした闇の部分を伝えることはできないのです。闇の部分は、闇の言葉によって表現されるほかない。

ワーズワス、ホイットマンを継ぐ「声」の詩人

　ワーズワスの影響をもっとも大きく受けたのは、ともに『抒情民謡集』を刊行したコールリッジかもしれない。ワーズワスの強引で、勝手で、どんどん先に行ってしまうような力強さとは対照的に、コールリッジの詩の美点は世界の物音に耳を澄ましながら前に進む、やわらかい展開の仕方にある。ワーズワスの存在ゆえに彼の詩作品の方向が縛りを受けたということもあるかもしれないし、比較的早く創作活動が終わりを迎えたのもそのせいかもしれない。

　ワーズワスの影響はジョン・キーツやシェリーといった後期ロマン派をはじめ、さまざまな詩人におよび、ヴィクトリア調の詩人・批評家マシュー・アーノルドの文学観の形成にも大きな役割を果たしし、20世紀に入ってもエドワード・トマスなどのジョージア朝詩人にははっきりとその影響の跡が見て取れる。ただ、ワーズワスのように個性の強い詩人は、そのまま受け継ぐのは難しく、その郷愁にせよ、幼年時代の賛美にせよ、自然とのつきあい方にせよ、瞑想にせよ、何らかの形でいったん咀嚼し加工することでその痕跡をとどめるということになる。

　これに対し、ホイットマンは影響を与えた詩人の作品中にあっても、常にホイットマンらしさを発信しつづけるような、恐るべき存在である。おそらくあらゆるアメリカ詩人の作品にホイットマンの影を見て取ることが可能であり、本書でも扱ったウォレス・スティーヴンズのように瞑想に沈みがちな詩人から、フランク・オハラのようにべらべらと思いつきで語る詩人、ジョン・アシュベリーのように何重にもひねりをきかせた技巧的な詩人、アレン・ギンズバーグをはじめとするビート派絶叫詩人や、リン・ヒジニアンやスーザン・ハウら言語派と呼ばれる実験的なグループにもホイットマンの影は見て取れる。それは一言で言えば、発声をめぐる大胆さと挑発性に特徴づけられる傾向で、どこかでワーズワス的な語りの自由さともつながるものだと言えるだろう。

エミリー・ディキンソン（1830〜86）

　米国の詩人。マサチューセッツ州アマーストの裕福な法律家の家に生まれる。アマースト・アカデミーからマウント・ホリヨークに進み、当時としては第一級の教育を受けた。若い頃は外向的で明るい性格だったが、20代半ばから次第に人付き合いを嫌うようになり、40歳をすぎると、一切家から外には出なくなる。今で言う「引きこもり」である。世間との交渉は文通だけとなり、中には見知らぬ人とのやり取りも含まれていた。

　ディキンソンは二千に及ぶ詩作品を書きため、一時は発表にも熱心だったが、当時の文壇には受け入れられず、生前に活字になったものはほんの一握りである。作品中の自然や死をめぐる瞑想は抽象的かつ神秘的で難解な表現も多いが、その独特な寡黙さにはホイットマンとはまったく別の意味で、通常の詩の常識を覆し、新しい世界を展開する魅力がある。

エミリー・ディキンソン

Emily Dickinson, 'I felt a Funeral, in my Brain' (ca. 1861)

I felt a Funeral, in my Brain,
And Mourners to and fro
Kept treading —— treading —— till it seemed
That Sense was breaking through ——

And when they all were seated,
A Service, like a Drum ——
Kept beating —— beating —— till I thought
My Mind was going numb ——

And then I heard them lift a Box
And creak across my Soul
With those same Boots of Lead, again,
Then Space —— began to toll,

As all the Heavens were a Bell,
And Being, but an Ear,
And I, and Silence, some strange Race
Wrecked, solitary, here ——

And then a Plank in Reason, broke,
And I dropped down, and down ——
And hit a World, at every plunge,
And Finished knowing —— then ——

9行目　**Box**　俗語で「棺」を意味する。自分のおかれている状況を完全に把握できていない語り手にとって、棺は単なる「箱」に感じられる。

エミリー・ディキンソン「私は葬式を感じた　頭の中で」

私は葬式を感じた　頭の中で
会葬の人たちが行ったり来たり
歩いている　歩いている　そうしてついに
感覚が裂けていくようだ

会葬者がみな座ると
礼拝が始まった　太鼓のように
叩く音　叩く音　そうしてついに
自分の精神が麻痺していくかと私は思った

それからみな棺を持ち上げ
私の魂を横切ってきしみをたてる音
またしてもあの鉛のブーツ
それから　空間が　鳴り響き出した

まるで天空のすべてが鐘になったよう
存在は　耳となり
私も　静けさも　周囲からは切り離された種族
衰弱し　孤絶し　ここで

それから理性の底板がぬけて
落ちていく　どんどん
そうして世界にぶつかる　落ちるごとに
もうわからない　そして

2) すれすれの言葉——エミリー・ディキンソン「私は葬式を感じた」の「あっち側」

お葬式を演出する

　そういうわけで、いかにして詩の言葉が、言葉になりにくいものを表現するような、か細い語りのジャンルとして開拓されてきたか、という例を三つほどの作品を通して見てみましょう。最初はエミリー・ディキンソンです。I felt a Funeral, in my Brain とはじまる作品で、自分が死んでしまったあとの場面を想像してみる、という設定になっています。念のため確認しておくと、英詩ではタイトルのついていない作品の場合、かわりに第一行目やその一部をタイトルとして使うのが慣例になっています。

　まず最初の連では、頭の中で、葬式が行われているのを感じ取った、という言い方になっています。

> I felt a Funeral, in my Brain,
> And Mourners to and fro
> Kept treading —— treading —— till it seemed
> That Sense was breaking through ——

この時点から、何か変ですね。葬式自体が頭の中でだけ起きているのか、葬式のことをわかるのが頭だ、ということなのか、とにかくこの in my Brain（頭の中で）という言い方の局所的な感じが独特です。身動きできないような不自由な状態なのだけど、知覚の一部だけは働いている。その分、妙に冴えているようでもある。

　そのうちに、Sense（感覚）が break through ということになります。日本語でも一時ブレイク・スルーなどと言うのが流行っていましたが、どちらかというと「大きく前進する」などの良い意味で使われていたようです。この箇所の breaking through の意味は実ははっきりしないのですが、どうもあまり肯定的な意味ではなさそうです。つぎの連で My mind was going numb という表現があって、それと呼応して

いるのだとすると、精神の麻痺の前にまず感覚がおかしくなるのかな、などと考えられます。感覚が突き抜けてしまう、感覚の受け皿となるネットのようなものが破れてしまう、ということかなと思えてくる。続く連は次のような具合です。

> And when they all were seated,
> A Service, like a Drum ——
> Kept beating —— beating —— till I thought
> My Mind was going numb ——

こうしてみると、treading（足音）とか beating（鳴る音）といった外からの刺激がうるさくなる一方、それを受け入れ把握するための自分の受信装置のようなものが壊れていく、というプロセスが書かれているようです。それが「死」なのだというわけです。

わからないところにミソがある

このあたり、英語としてもわかりにくいし、翻訳を読んでも簡単になるほどとは思えない部分です。ただ、詩の場合よくいえるのは、わかりにくいところにこそミソがある、ということです。とくにディキンソンのような詩人の場合、自分の感覚とか、気分とか、妄想のようなものを、自分でもよくわからないまま言葉にする傾向があります。ディキンソンの詩はほとんどが草稿のまま残された、いわば未完成の原稿でした。作品の意味が完結しないように思えるのも、そこに大きな原因があるのかもしれません。それだけに読者にとっても難解な作品が多いのですが、考えてみると、こうした難解さこそ、つまり自分の感覚や言葉や理性までもが自分のものではなくなっていくような違和感こそ、ディキンソンの表現したかったものなのかもしれません。そうすると、そのわからなさを変に理解してしまうことよりも、わからなさ具合そのものを読み取ることが大事になってくるわけです。

「あっち側」を聞く

次の連では感覚、精神につづいて、魂が出てきます。魂を横切ってきしみ (creak) が、というのはどういうことでしょう？ 空間が弔いの鐘のように音を鳴らす、ともあります。

> And then I heard them lift a Box
> And creak across my Soul
> With those same Boots of Lead, again,
> Then Space —— began to toll,

この辺までくると、少しずつこの詩のパタンがわかってくるかもしれません。まず際立っているのは「外側」の感覚です。葬儀の参列者の足音とか、祈りの響きとか、鉛のブーツとか、境界を隔てた向こう側で何かわけのわからないことが起きている。自分にはそれが理解できない。理解できないけど、なぜか伝わっては来るし、理解できないなりにそれについて語ることもできる、いや、理解できないからこそ、いろいろ語りたい、という感じでしょうか。

すべてが一枚隔てたあっち側に行ってしまったという感覚は、とりわけ音に対する鋭敏さに出ています。treading, beating, creak, toll と具合に、世界が音という形でのみ自分と関わってくる。第四連ではついに存在は耳だ、とまで言っています。

> As all the Heavens were a Bell,
> And Being, but an Ear,
> And I, and Silence, some strange Race
> Wrecked, solitary, here ——

聴くことの優位と裏腹に、この詩ではあまり見えるものがありません。Mourner, Drum など具体的な名詞はあっても、どれも比喩として使われているだけで、なかなかイメージにはつながりません。啓蒙主義をあらわす英語が enlightenment であることからわかるように、「光で照らして見えるようにすることが知だ」という考え方がヨーロッパ

近代にはあります。つまり視覚は頭で理解することとじかに結びつく。これに対し、耳で聴くことは、別の種類の知を示唆するようにも思えます。頭では理解できないこと、近代の知の作法からは抜け落ちるようなものの把握を、耳による知は助けてくれるのです。

しっくりこない言葉

　それはいったい何でしょう？　たぶん、私たちは直接それを名指すことはできないのです。あくまで壁一枚隔てた向こう側のこととして語るしかない。また、私たちの持っている言葉からはいつもこぼれるものだから、ふつうの言葉遣いでは説明できない。この詩の語り手は、自分が今まで持っていた知覚やら知性やら、もっと大事な魂までもが、どんどん失われていくようであると言いますが、それはごく曖昧な気分です。「私は○○を失いました」と明確に特定はできない。そこでその曖昧模糊とした感じを言葉遣いの独特さで表現するわけです。ふつうなら「破れる」という意味の break through は皮がやぶれる場合などについて言うのに、それを Sense について使ったりする。かと思うと、going numb なんていう表現は Sense にこそふさわしいのに、それを Mind について使う。Soul と creak という組み合わせもそうで、要するに言葉遣いが少しずつずれている。そうやって言葉がどうもしっくりこない様子を通して、世界が壁一枚隔てた向こうにあるという断絶感を表現し、それでもかろうじて「耳」という感覚を通して世界と自分との間につながりがあることをも強調する。

　最後に壊れるのは Reason (理性) だと言います。これは言葉のことを意味するのかもしれません。語り手の最後の頼みの綱であった、知性の最後の砦としての言葉までもが崩壊する。するとどうなるか。

> And then a Plank in Reason, broke,
> And I dropped down, and down ——
> And hit a World, at every plunge,
> And Finished knowing —— then ——

言葉が尽き、詩も終わる。途中であちこちぶつかるみたいですね。急に落下の比喩がでてくるけれど、詩が最後の行、つまり一番下の行に到達することと重なっても見えます。とにかく尽きていく、わからなくなっていく、消えていくという終わり方です。結論とか、統一感はなくて、あったものがだんだんとなくなっていく、そのプロセスがそのまま詩になっているのです。

こういうことのせいか、この詩の言葉は全体にたどたどしいです。第二連の A Service, like a Drum —— / Kept beating —— beating という箇所に表れているように、「こんな感じかな」といつも手探りしながらふさわしい言葉を求めている様子があります。いかにも自信がなさそうなのです。till（すると）とか then（そして）という言葉があちこちで出てくるのは、出来事が勝手に降って湧いたように起き、語り手がそれに翻弄されているためでしょう。自分はそうやって降りかかってくる出来事を、追認するようにして語るだけだ、という姿勢なのです。

究極の安心

この詩は喪失と、崩壊と、不在を描いています。本人が死んでしまうわけですし、何一つ元気の出るようなことは書いてありません。とにかくすべてが解け、無くなっていく。でも、この詩、そんなに悲劇的でしょうか。あるいは恐ろしい感じがするでしょうか。たとえばエドガー・アラン・ポオの短編小説には、まだ生きている人が埋葬されてしまうことの恐怖を描いたものがいくつかありますが、この詩はそういう作品とも雰囲気を異にするようです。

ディキンソンにはほかに renunciation（諦め）をテーマにした作品がありますが、ここで取りあげた詩も、「これはいったい何なのだろう？」という違和感と、「自分の力ではどうにもできない」という諦めとが混交しています。死という状況を諦めとともに受け入れることで、かえって、何かを得ているようにも見えるのです。すべてを真っ新にしてしまうことによる清らかな気分。平穏。この世を越えた神秘の世界

の予感。また五つの連がしっかり手順を踏んで進んでいく安定性もある。究極の安心感があるのです。自分はこうしてわけのわからないまま流され、それについて舌足らずに語ることしかできないけど、どこかで誰か（何か）が自分のかわりにすべてをわかっている、あるいは統御している、というような。それは神のことかもしれないし、虚無そのもののことかもしれない。でも、そういう「絶対」があるから、安心して自分は消えていくことができる、という感覚。

　こういう状況は、はきはきと雄弁に語られてしまうものではないでしょう。あくまで、言葉になるかならないかのすれすれのレベルで、他人には聞こえないかもしれないくらいの小声で、語り手自身に向けて語られざるを得ない。やがて言葉が消え、詩人の自我も霧散していく、という部分もふくめて、いかに通常の言葉からずれることで、「あっち側」に到達するかがテーマになっているのですから。

　詩人にはこうした体験を誰かに宣伝したり、押しつけたりするヒマはない。あくまで自分が突入した混沌に満ちた感覚世界を、精一杯、足りない言葉で語ってみせるだけなのです。その精一杯さこそも、たぶん、読みどころなのだと思います。

3)　思うはずだ、の詩学

感覚は誰のもの？

　感覚というのは非常に個人的なものです。自分が感覚したことというのは、自分が考えたこととは違って、よほどうまく言語化しないと、なかなか他人に伝えることはできません。でも、だからといって、自分ひとりで感覚していればそれですむか、それで満足なのか、というとどうも違うようでもあります。たとえば加藤典洋という批評家は「美しい」という感情について次のように言っています。

　　美、って何ですか。誰もがいい、と思うものです。あ、美しい！というのは、自分は美しいと思う、というんじゃないんです。これは、きっと他の人も美しく思うに違いない、そういう感情なん

です。他の人も自分同様、美しいと思うはずだと思うこと、これ
　　が美の感情なんです。(『言語表現法講義』、15頁)

はずだと思うこと、というのはうまい言い方ですね。そしてこれは言葉を使う上でも、どうしても無視することのできない微妙な部分です。言葉の弱点でもあるけれど、強みである、そういう所。加藤典洋は美を語ることで、言葉と感覚をめぐる問題の全般を説明していると言えます。そもそも非常に個人的なものにすぎない感覚についてお互いに語り合えるというのが文化です。でも、個人的なものにすぎないから、客観的な証拠など出しようがない。それで皆、いろいろ工夫する。「はずだ」という思いを抱き、たえずより新鮮で、より力強い表現を求めて四苦八苦する。

感じることは語ること

　20世紀はじめは、いろいろな意味で文学作品の書かれ方が変わった時代でした。それは作品をいかに書くかということについて、今までとは違う形で人々が意識的になった時代であり、「そうか、作品とはこんな風にして書かれてもいいのだ」「こんなことまでやっちゃっていいのか」という発見とともに、思いもかけないような方法が試された時代だったのです。

　この時代のひとつの特徴として、語ることと感じることとをなるべくじかにつなごうという試みがなされたということがあります。語るということは、それまでは、いったん感じたり考えたりしたものを消化したうえで、きちんと整理し直してよそ行きの身支度を整えてから書き表すものだ、という了解があったように思います。ところが20世紀のはじめ、とくにモダニズム期の小説家や詩人というのは、そうやってよそ行きに仕立て直される前の、生のままの心のあり様を表現してみたい、という願望を抱くようになったのです。

　もちろん「よそ行きに仕立て直される前の……」という設定だってフィクションです。ヴァージニア・ウルフやジェイムズ・ジョイス、ウィ

リアム・フォークナーといった作家は、いかにも「仕立て直される前の……」として見えるように「生の心」を仕立てたとも言えます。約束事を破るという彼らの実験自体が、新しい約束事の創出につながったわけです。とはいえ、奥の方に「生の部分」があるのだという感受性が芽生えたということ自体たいへん興味深いです。

　モダニズム期の大きな流れをつくったのは、イマジズムの詩人たちです。イマジズムは徹底的にイメージや空間の表現にこだわることで、時間よりも瞬間を描く道を切り開いたと言われますが、彼らの試行にもまた「生の部分」に到達したいという願望がありました。そこでおもしろいのは、「生の部分」に至ろうとする過程で、詩が静かになっていった、ということです。イマジズム的な詩によく見られるのは、物語的な起伏や議論としてのおさまりの良さよりも「感じ」を優先し、まるで拡大鏡を添えるようにして特定の感覚をクローズアップしてみせる手法でした。こうしたいびつなまでの感覚への眼差しは、どうやらしんと静まりかえった詩的舞台を必要としたようなのです。

モダニズム

通例20世紀初頭の革新的な芸術運動一般を指すが、英文学史上ではとくにT・S・エリオット、エズラ・パウンド、ヴァージニア・ウルフ、ジェイムズ・ジョイス、W・B・イエイツ、フォード・マドックス・フォード、ジョゼフ・コンラッドなどの作家を念頭に置くことが多い。当時はジークムント・フロイトの心理学をはじめ、人間心理をめぐる新しい見方が人々の関心を集めていたこともあり、こうした作家の多くが文学作品中の心理描写において、新機軸とも言える新しい方法を次々に打ち出した。こうした方法意識が言語実験にも結びつき、伝統的な文学の作法を破壊するような過激な作品が多く世に出たのである。

モダニズムについては、文学作品の市場との関係の変化や文化的な高級趣味の蔓延、歴史・時間感覚の変化など、さまざまな視点からその特徴をとらえる試みがある。いずれにしても19世紀的な文学とは一線を画す、斬新な作品が多数書かれた時代であった。

イマジズム

1910年から1917年頃にかけて英米の詩人の間で起きた運動。英国の詩人・批評家トマス・アーネスト・ヒュームの思想を基礎にしているが、実際に強力なリーダーシップを発揮し、「瞬間の中にすべてを表現せよ」などさまざまな方法を唱えたのはエズラ・パウンドであった。1914年に刊行された『イマジストたち』(パウンド編) というアンソロジーがその代表作を集めている。詩人としてはパウンド自身の他、ヒルダ・ドゥリトル (別名H・D)、フランク・スチュアート・フリント、エイミー・ローウェル、ウィリアム・カルロス・ウィリアムズ、ジェイムズ・ジョイスなどが含まれる。

その名の通り視覚重視の作品が多く、物語や議論の通時的な展開よりも、スナップショット的なイメージの並列と、鋭い転換を通して作品をまとめていく。短詩が多く、鋭敏で直感的な対象のとらえ

方も特徴。描写は簡潔かつ硬質でなければいけない、とパウンドは強調した。

20世紀初頭は、映像をはじめさまざまな新メディアが普及した時代でもあり、イマジズムはそうした時代の変化に反応した新しい文学の方法だったともいえる。従って、歴史上のイマジズム運動に関わった詩人だけではなく、本書でも扱うデヴィッド・ハーヴァード・ロレンスのように、その方法を何らかの形で受け継ぎ、「イマジズム的」と呼ばれた詩人・作家は数知れない。

D.H. Lawrence, 'Snake' (1923)

A snake came to my water-trough
On a hot, hot day, and I in pyjamas for the heat,
To drink there.

In the deep, strange-scented shade of the great dark carob-tree
I came down the steps with my pitcher
And must wait, must stand and wait, for there he was at the trough before me.

He reached down from a fissure in the earth-wall in the gloom
And trailed his yellow-brown slackness soft-bellied down, over the edge of the stone trough
And rested his throat upon the stone bottom,
And where the water had dripped from the tap, in a small clearness,
He sipped with his straight mouth,
Softly drank through his straight gums, into his slack long body,
Silently.

Someone was before me at my water-trough,
And I, like a second comer, waiting.

He lifted his head from his drinking, as cattle do,
And looked at me vaguely, as drinking cattle do,
And flickered his two-forked tongue from his lips, and mused a moment,
And stooped and drank a little more,

　　D・H・ロレンス「蛇」

一匹の蛇が　水をたたえた我が家の水溜めにやってきた
暑い　たいへん暑い日で　暑さのあまり私は寝間着姿で
水を飲みに来たのだ

大きなイナゴマメの暗い木陰には独特の匂いがたちこめていた
私は水差しをさげて階段をおりて来たが
そこで待たざるをえなかった　じっと立ったまま待たされた
水溜めには一足先に蛇がいたのだ

蛇は薄暗い土壁の割れ目から降りてきて
黄土色の身体を引きずるようにやわらかい腹を地面にこすりつけ
　　　石の水溜めの縁を越えて
石の底で喉を休めた
蛇口からの滴りが　透き通った小さな水たまりになっているあた
　　　りで
蛇は首を伸ばして水を吸った
まっすぐに伸ばした喉にすっと水が流れこむ　長く伸びたやわら
　　　かい身体に
静かに

水溜めには先客がいた
私は二番手で　順番を待つしかなかった

牛のように　蛇は首をあげて飲むのをやめ
水を飲む牛がそうするように　ぼんやりと私を見た
それからふたつに裂けた舌を素早く伸ばし　しばしじっとしてか
　　　ら
首をさげ　さらに少し水を飲んだ

Being earth-brown, earth-golden from the burning bowels of the earth
On the day of Sicilian July, with Etna smoking.
The voice of my education said to me
He must be killed,
For in Sicily the black, black snakes are innocent, the gold are venomous.

And voices in me said, If you were a man
You would take a stick and break him now, and finish him off.

But must I confess how I liked him,
How glad I was he had come like a guest in quiet, to drink at my water-trough

And depart peaceful, pacified, and thankless,
Into the burning bowels of this earth?

Was it cowardice, that I dared not kill him?
Was it perversity, that I longed to talk to him?
Was it humility, to feel so honoured?
I felt so honoured.

And yet those voices:
If you were not afraid, you would kill him!

And truly I was afraid, I was most afraid,
But even so, honoured still more
That he should seek my hospitality

英詩は失敗する

土のように茶色く　土のように金色の蛇　まさに大地の燃えるは
　　らわたから生まれた者
シチリアの七月　エトナ山からは噴煙が立ち上る
私の中の賢しげな優等生の声が言った
奴を殺せ
シチリアでは真っ黒い蛇は害はない　危険なのは金色の蛇だ

それから私の中の声がいう　お前が男なら
棒を持って今すぐ打つはずだ　奴をたたき殺すはずだ

でも私がどれだけその蛇を好きになってしまったか
客人のようにそっとやって来て　我が家の水溜めで水を飲んだこ
　　とが私にとってどれだけ嬉しかったか

蛇はおとなしく去った　満足して　感謝の念などまるきり示さな
　　い
大地の燃えるはらわたへと去ったのか？

臆病だというのか　蛇を殺さなかったことが？
異常なのか　蛇に語りかけたいと思ったことが？
卑屈さなのか　誉れを感じたことが？
私は誉れ高い気持ちでいっぱいだった

それでも声は聞こえてくる
怖いのか　さもなくば奴を殺せるはずだ

たしかに私は恐ろしかった　とても怖かった
それでも　誉れ高い気持ちが強かった
蛇がわざわざ私のもてなしを受けに来るなんて

From out the dark door of the secret earth.

He drank enough
And lifted his head, dreamily, as one who has drunken,
And flickered his tongue like a forked night on the air, so black,
Seeming to lick his lips,
And looked around like a god, unseeing, into the air,
And slowly turned his head,
And slowly, very slowly, as if thrice adream,
Proceeded to draw his slow length curving round
And climb again the broken bank of my wall-face.

And as he put his head into that dreadful hole,
And as he slowly drew up, snake-easing his shoulders, and entered farther,
A sort of horror, a sort of protest against his withdrawing into that horrid black hole,
Deliberately going into the blackness, and slowly drawing himself after,
Overcame me now his back was turned.

I looked round, I put down my pitcher,
I picked up a clumsy log
And threw it at the water-trough with a clatter.

I think it did not hit him,
But suddenly that part of him that was left behind convulsed in undignified haste.
Writhed like lightning, and was gone

英詩は失敗する

　　秘密に包まれた大地の暗い扉をあけて私のところに来るなんて

蛇はたっぷりと水を飲み
頭をもたげた　夢見るよう　まるで酔ったよう
それから二股に裂けた夜のごとき　真っ黒い舌を素早く出した
唇を舐める様子で
神のごとくあたりを見回し　何も目には入らぬ風に　空を見つめる
ゆっくり頭を回し
ゆっくり　ほんとうにゆっくり　三重に夢見心地になったように
丸めた長い身体を引きずって
再び割れ目のある我が家の壁面を昇った

蛇がその恐ろしい穴に頭を突っ込み
ゆっくり身を引き上げ　蛇らしいやわらかさで丸まって　奥へと進むと
あるおぞましい気分が　その忌まわしい黒い穴に蛇が戻っていくことに反発する気持ちが私を虜にした
わざわざそんな黒々とした世界に向かうなんて　自分をゆっくりと巻き取っていくなんて
蛇の背中を見ながら　私はそういう思いで一杯になった

私はあたりを見回し　水差しを地面に置き
一本の不格好な木切れを拾い上げて
かいば桶に投げつけた　乾いた音がした

木切れは蛇にあたりはしなかったと思う
でも　まだ穴に入りきらない身体の一部は突然痙攣したように
　　醜い慌てた動きをした
蛇は稲妻のように身をよじり　気がつくと

Into the black hole, the earth-lipped fissure in the wall-front,
At which, in the intense still noon, I stared with fascination.

And immediately I regretted it.
I thought how paltry, how vulgar, what a mean act!
I despised myself and the voices of my accursed human education.

And I thought of the albatross
And I wished he would come back, my snake.

For he seemed to me again like a king,
Like a king in exile, uncrowned in the underworld,
Now due to be crowned again.

And so, I missed my chance with one of the lords
Of life.

And I have something to expiate;
A pettiness.

デヴィッド・ハーヴァート・ロレンス (1885〜1930)

英国の小説家、詩人。貧困のため、苦労して独学する。大学教授の妻でドイツ人のフリーダと駆け落ちしたのをきっかけに、生涯、放浪的な生活を送った。本書ではその詩作品に焦点をあてたが、英文学史上は小説家としての方がよく知られている。代表作には『息子と恋人』(1913 年)、『虹』(1915 年)、『恋する女たち』(1920 年)

黒い穴の中へ　壁面の土が剥き出しになった割れ目へと消えていた
そのあとを　真昼の太陽が照りつけるもと　私はうっとりと見つめていた

そうしてすぐ　私は後悔の念にとらわれた
なんてつまらない　品のない　卑劣なことをしたのだ！
私は自分自身と　あのいまいましい賢しげで優等生じみた文明の声とを呪った

そして私はあのアホウドリのことを思った
蛇よ　どうか戻ってきてくれ　と私は念じた

蛇はやはり　私にとっての王だと思えたのだ
故国を追われた王　闇の世界にいて冠を戴かない王
その王を再び元の座にすえねばならないのだ

こうして私は生命の主たるべきものと交わる機会を失った

私は報いを受けるのだ
自分の矮小さの報いを

など。1928年に完成させた『チャタレイ夫人の恋人』はその大胆な性描写ゆえに30年にわたって発禁扱いだった。
　ノティンガムの貧しい炭坑夫の家庭に生まれたロレンスは、父親の暴力性をはらんだ男性らしさと、母親の知性を備えた抱擁力をともに受け継ぎ、内面に激しい乖離の感覚を抱え持った。そのため、小説においても詩においても、自分の無意識にあるわけのわからな

い衝動とどうつき合っていくかという問題を中心に据えることが多い。感傷的とも言える言葉の使い方は散文にも韻文にも共通して見られる傾向であるが、詩においてはしばしば、イマジズム的な硬質のイメージも使われる。

D・H・ロレンス

4) もうひとつの声を聞かせるために
——D・H・ロレンス「蛇」の静寂

蛇と静謐

　D・H・ロレンスはイマジズムの運動に属した詩人ではありませんが、イマジズムの作品が持っていた特質を受け継いだように見えるところもあります。その中から特に声との関連で興味深いものをひとつとりあげましょう。「蛇」'Snake'という作品です。主人公が水飲み場で蛇と遭遇する、というのがこの詩で中心となる出来事です。

> A snake came to my water-trough
> On a hot, hot day, and I in pyjamas for the heat,
> To drink there.
>
> In the deep, strange-scented shade of the great dark carob-tree
> I came down the steps with my pitcher
> And must wait, must stand and wait, for there he was at the

trough before me.

蛇は何もしゃべりません。主人公も蛇がいなくなるのをじっと待っています。すると一種のにらめっこのような状況になります。

> He lifted his head from his drinking, as cattle do,
> And looked at me vaguely, as drinking cattle do,
> And flickered his two-forked tongue from his lips, and mused a moment,
> And stooped and drank a little more,
> Being earth-brown, earth-golden from the burning bowels of the earth
> On the day of Sicilian July, with Etna smoking.

ここには静謐が漂っています。蛇が牛に喩えられていることからもわかるように、主人公は蛇を見てうろたえるでもなく、むしろ牧歌的な平和を感じています。エトナ山の噴煙が牧歌の情景に花を添える。ただし、シチリアの夏という舞台ですから、イギリスの草原とはひと味ちがった、燃えるような熱気が伝わってもきます。

「蛇を殺せ」の声

蛇はご存知のようにイヴをそそのかしてリンゴを食べさせた悪い生き物です。キリスト教文化圏では悪の象徴として見られることが多い。ここでも、誤った牧歌性にだまされるなと言わんばかりにどこからか声が聞こえてきて、「蛇を殺せ」と命じます。シチリアの灼熱に包まれた自然には、やはり何か危険が潜んでいるとでもいうような警告の声です。

> The voice of my education said to me
> He must be killed,
> For in Sicily the black, black snakes are innocent, the gold are venomous.

> And voices in me said, If you were a man
> You would take a stick and break him now, and finish him off.

でも、この声を聞くと、この詩の主人公は逆に自分が蛇に妙な親近感を抱いていることを発見します。

> But must I confess how I liked him,
> How glad I was he had come like a guest in quiet, to drink at my
>   water-trough
>
> And depart peaceful, pacified, and thankless,
> Into the burning bowels of this earth?
>
> Was it cowardice, that I dared not kill him?
> Was it perversity, that I longed to talk to him?
> Was it humility, to feel so honoured?
> I felt so honoured.

こうして主人公の心の中には葛藤が生じます。お前は臆病だ、変だ、という声をうち消すようにして主人公は自分は臆病でなどない、変じゃない、と考えようとする。このあたり、心の中でふたつの声がぶつかり合うわけです。

> And yet those voices:
> *If you were not afraid, you would kill him!*
>
> And truly I was afraid, I was most afraid,
> But even so, honoured still more
> That he should seek my hospitality
> From out the dark door of the secret earth.

このあたり主人公は饒舌といえば饒舌です。すでに言ったことを繰り返し、うわごとのように「自分は怖かったというよりも、蛇に魅入られたのが快感だったのだ」という思考にたどり着きます。

反復の意味

　この詩ではフレーズや語の反復がかなり目につきます（Was it cowardice, that I dared not kill him? / Was it perversity, that I longed to talk to him? / Was it humility... や I was afraid, I was most afraid など）。これは強調のために装飾的にされているところもありますが、と同時に言葉の荒っぽさをみせつけるようにして行われてもいます。言葉に締まりがない感じがあるのです。どこかがさつな言葉の使い方を通して、シチリアの六月の日差しに朦朧としつつある主人公の心理があぶり出されてくる。朦朧としつつあるおかげで、ふだんは奥の方にしまいこんである心の見えない部分が見えるようになってもくるのです。だからこそ主人公は、蛇に対する自分の妙な愛着を語るようにもなった。

　「自分が蛇をもてなせるなんて、この上ない名誉だ」なんて、ふつうの状況で、ふつうの言葉で言ったら、きっと笑い話になってしまいます。主人公はそこに単なる笑い話でない何かをこめたかったのでしょう。だから、奥の奥の奥にある声で語る、という風に話を作っていった。奥の奥の……のために重要なのは、まずはそういう声が耳に入ってくるような静かな舞台だった。それから内面への下降。そして耳には聞こえない内側からの声。こういう装置を通して、だんだんとふつうよりも奥にある世界へとフォーカスが移っていくのです。それに伴い語り手の心のたがを外すための、酩酊するような気分が蔓延してくる。水を飲んだだけの蛇まで、まるで酔っぱらいの共同体に巻き込まれたようにも見えます。

> He drank enough
> And lifted his head, dreamily, as one who has drunken,
> And flickered his tongue like a forked night on the air, so black,
> Seeming to lick his lips,
> And looked around like a god, unseeing, into the air.
> And slowly turned his head,

> And slowly, very slowly, as if thrice adream,
> Proceeded to draw his slow length curving round
> And climb again the broken bank of my wall-face.

蛇が酔っているように見えるのは、語り手自身が酔っているからです。灼熱と異国情緒と奇妙な牧歌に酔うことによって、呪術的な世界が拓けてくる。しかし、それはどこか別の世界に行くということではなく、心の中の世界に回帰することを意味します。

　静けさを通して、ふつうなら耳にできないような自分自身の声に到達するというパタンは必ずしも 20 世紀の詩に限った設定ではありません。静かな人気のない場所で物思いに耽るというパタンはむしろ抒情詩のひとつの典型でしょう。ただ、ロレンスの作品の特徴は、そうした舞台が目の優位をとおして、視覚的緊張感とともに準備されていること、また、独特の言葉の「ゆるさ」に伴う呪術的な酩酊感がそうした雰囲気を誘い出しているということでしょう。詩の言葉そのものが過剰になることで、むしろ静けさを生み出しているという点では、詩行の禁欲的な短さや少なさを特徴とすることの多い他のイマジズム的な詩とは一線を画しているといえます。

蛇を攻撃する

　主人公はこのあと、やや遅れて蛇に攻撃を仕掛けます。蛇が自分のねぐらに戻るのを待ったかのように、いまさら棒を投げつけるのです。

> I looked round, I put down my pitcher,
> I picked up a clumsy log
> And threw it at the water-trough with a clatter.

棒は蛇を打ちはしない。しかし、突然の攻撃に、蛇は今までの悠然とした様子とは打って変わって、狼狽したように慌てて穴に戻っていきます。

> I think it did not hit him,

But suddenly that part of him that was left behind convulsed in undignified haste.
　　Writhed like lightning, and was gone
　　Into the black hole, the earth-lipped fissure in the wall-front,
　　At which, in the intense still noon, I stared with fascination.

語り手はそんな蛇のすばやい逃走の様子を、賛嘆とともに見つめます。そこにはどこかエロチックな喜びがあるようにも思えます。サドマゾ的快感を思わせる嗜虐性がほの見えるのです。

　しかし一瞬の陶酔の後、語り手は後悔の念にかられます。

　　And immediately I regretted it.
　　I thought how paltry, how vulgar, what a mean act!
　　I despised myself and the voices of my accursed human education.

自分が「蛇をやっつけろ」という内面の声に従ってしまったことを悔いるのです。でも、果たして主人公は本当に内面の声に従ったのでしょうか。主人公は蛇を本気で退治したかったというよりは、むしろ倒錯的に蛇と戯れようとした、蛇と象徴的に交わろうとしたのではないか、とも思える。主人公が蛇からの離脱を試みたのではなく、蛇とのさらなる深い交わりをこそ試みたのではないか、ということです。

闇を失う

　主人公は詩の最後で、自分の蛇との邂逅をまとめようとします。でも、この時点で主人公は日常性の言葉に戻ってしまっています。先ほどの、心の奥から聞こえてくるような、闇の声はもう失っているようです。

　　And I thought of the albatross
　　And I wished he would come back, my snake.

　　For he seemed to me again like a king,

Like a king in exile, uncrowned in the underworld,
Now due to be crowned again.

And so, I missed my chance with one of the lords
Of life.

And I have something to expiate;
A pettiness.

主人公は自分の最後の蛮行を、コールリッジの『老水夫行』に出てくるアホウドリへの虐待と比べ、闇の王たる蛇の喪失をあらためて惜しみます。あとに残ったのは、矮小な自分。こうして語り手は、先の過剰な言葉による酩酊感とは打って変わって、言葉少なに詩を閉じていくのです。

　というわけで、詩人というものは自分を、とくに自分の内面を語るときに、声の設定についていろいろと工夫するものだということが少しおわかりいただけたかと思います。心の奥とか、ナマの心といったものがどうやらあるらしい、だから、それを露出させる形で表現したい、と思うとき、どうしても「ふつうの声」と「ふつうでない声」というコントラストに依存することになる。そして「ふつうの声」から上手に逸脱することによって、「ふつうでない声」に生々しさを与えることになる。その逸脱を引き起こすのが、静寂でも饒舌でもありうるということなのです。

サミュエル・テイラー・コールリッジ（1772〜1834）の『老水夫行』

　コールリッジの『老水夫行』では、遭難した水夫が、吉兆として現れたアホウドリを衝動的に打ち落とし、呪いを引き寄せる。まったく必然性なしに悪を犯してしまう人間の原罪を想起させる不思議な作品である。後半部、水夫はウミヘビを祝福することで、ようやくこの呪いから逃れることができる。本書で扱うロレンスの『蛇』

では、「悪」の象徴として登場した蛇を、『老水夫行』の吉兆であるアホウドリと重ねている点がアイロニカルとも言える。

Seamus Heaney, 'Digging' (1966)

Between my finger and my thumb
The squat pen rests; snug as a gun.

Under my window, a clean rasping sound
When the spade sinks into gravelly ground:
My father, digging. I look down

Till his straining rump among the flowerbeds
Bends low, comes up twenty years away
Stooping in rhythm through potato drills
Where he was digging.

The coarse boot nestled on the lug, the shaft
Against the inside knee was levered firmly.
He rooted out tall tops, buried the bright edge deep
To scatter new potatoes that we picked
Loving their cool hardness in our hands.

By God, the old man could handle a spade.
Just like his old man.

My grandfather cut more turf in a day
Than any other man on Toner's bog.
Once I carried him milk in a bottle
Corked sloppily with paper. He straightened up
To drink it, then fell to right away
Nicking and slicing neatly, heaving sods

英詩は失敗する

シェイマス・ヒーニー「掘る」

僕の人差し指と親指の間に
ずんぐりとしたペンが　ぴたりと銃のようにおさまる

窓の下からは　砂利まじりの地面にスコップが沈むたび
軽やかな削る音が聞こえてくる
父さんが掘っている　見下ろすと

花壇からのぞいた力のこもった臀部が
低くかがんで　上がってくるときには二十年前の光景と重なっている
イモ畑でリズムに乗って腰をかがめていたあのころ
父さんは掘っていた

いかつい長靴が刃にかけられ　柄が
膝の内側にしっかりとあてがわれる
丈の伸びた茎を根から引き抜き　輝く刃を深く突き立てると
新ジャガがあたりに散らばる　拾い集めると
冷たい硬い感触が手に心地良かった

すごい　お父さんのスコップさばきは
まるでお父さんのお父さんのやり方だ

おじいさんはトナー沼地では誰よりも
たくさんの泥炭を一日で集めたもの
ミルクを入れた瓶に紙を突っ込んで栓をし　持っていったときも
おじいさんは背中を伸ばしてぐいっと飲み　またすぐ仕事に取りかかった
刻んで　薄く切る　その様があざやかだ　土を

Over his shoulder, going down and down
For the good turf. Digging.

The cold smell of potato mould, the squelch and slap
Of soggy peat, the curt cuts of an edge
Through living roots awaken in my head.
But I've no spade to follow men like them.

Between my finger and my thumb
The squat pen rests.
I'll dig with it.

8行目 **Toner's bog**　　bogというのはアイルランド特有の湿地のこと。Toner's bog はヒーニーの育ったロンドンデリー近郊に実在の場所と思われる。

シェイマス・ヒーニー（1939〜）

　アイルランドの詩人。ベルファストのカトリック系の家庭に生まれ、クイーンズ・コレッジで学ぶ。ここで後に詩人・批評家として活躍するマイケル・ロングリーらとともに、カリスマ的な英文学教師フィリップ・ホップスバウムの薫陶を受ける。代表的な詩集に『自然観察者の死』(1966年)、『北』(1975年)、『フィールド・ワーク』(1979年) など多数。

　紛争の激しくなった60年代の北アイルランドで青春を過ごしたヒーニーにとって、いかに政治的な状況に飲みこまれずに独自の詩的スタンスを保ちつづけるかが、いわば執筆継続のための最重要課題だった。ヒーニーの出した答えは、何重にも屈折をへて政治と向き合うという方法であり、そのために神話的な素材を用いたり、家族や自然を繊細な筆遣いで丹念に書き尽くすことを目標としたりする。そうした態度に業を煮やした批評家から、その「非政治性」が批判さ

肩越しに放りあげ　どんどん深く
良い泥炭を求めて掘っていく　掘る

イモ畑からのひんやりとした香り　水気を含んだ泥炭の
ずぶっ　ぴしゃっ　という感触　刃がすぱっと
植物の根を切断する様　脳裏にすべてが甦るが
僕の手にはスコップはなく　彼らのようにすることはできない

僕の人差し指と親指の間に
ずんぐりとしたペンが　おさまる
僕はこれで掘る

れたりもしたが、ヒーニーのバランス感覚が多くの読者の支持を得たことも疑いない。社会とかかわりつつ、嘘をつかずに詩人として語り続けることの難しさをあらためて教えてくれる詩人だと言える。

5）　声はいったい誰のもの？
──シェイマス・ヒーニー「掘る」の音

近代詩の常識

　近代の詩を支えたのは、心と言葉をめぐるひとつの前提であるように思います。それは次のようなものです。個人の心の奥には、その人ならではの、複雑で、微妙で、秘密めいた、ふつうの言葉ではとてもすくいきれないようなデリケートな真実が隠されている、それは公共の言葉としてのいわゆる散文で表現されることはできなくて、詩の中でもとくに、「心の声」をこめることのできる抒情詩というジャンルでこそ表現されるのだ、と。

　近代の詩人たちはこの前提を念頭におきつつ、いかにこの心の声を表現するかに腐心してきたように思います。人によっては自分だけに

固有のデリケートなものを、堂々と大きな声で語ろうとした人もいました（ワーズワス、ホイットマンなど）。逆に徹底的にそのデリケートさにこだわり、人に読まれることなどあまり考えず、とにかく自分の心の襞をのぞきこんで、そのためだけの特殊な言葉を作り出すことに集中した人もいました（ディキンソンなど）。いかに自分が自分の声を見出すか、というプロセスを、ややドラマチックに書いた人もいた（ロレンスなど）。

　方法はいろいろでしたが、20世紀になっていよいよはっきりしてきたのは、人間というのはどうもよくわからないものである、心の声というのも複雑微妙で、そう簡単に言葉にできるものではない、だからそれを表現するには、いろいろと工夫を凝らしたかなり特殊な器がいるようだ、ということだと思われます。結果として、現代の詩の一部は、非常に難解なものとなりました。デリケートさに忠実であるあまり、言葉に大きな負荷をかけることをもいとわなくなったわけです。そのため、多くの読者は「詩ってメンドー臭い」とか「詩って、やっぱりよくわかんない」と思うようにもなった。今回は、入門書ということもあり、ある程度わかりやすい作品を中心にとりあげたので、そういう難解な作品を考察の対象とする余裕はありませんでした。が、そうした作品の中には、もしこちらがうまく共振できれば、思いがけないところまでこちらを連れて行ってくれるものもある、ということは強調しておきたいと思います。

ヒーニーと60年代のアイルランド

　声の問題を考えるために、最後にもうひとつ現代のものを読みたいと思います。シェイマス・ヒーニーの「掘る」'Digging'です。この作品を選んだのにはふたつの理由があります。ひとつは、ヒーニーという人のおかれた社会的な状況が、個人の声の問題を切実に考えさせるから。もうひとつはこの作品が、声の、物理的な音としての側面を捉えるのに成功しているから。

　まずヒーニーのおかれた社会的な状況について簡単にふれておきま

す。ヒーニーはもともと北アイルランドのカトリックの家に生まれました。ご存知のように北アイルランドはアイルランド島の北端に位置しますが、英国系の住民が多数を占めたこともあり、アイルランドが共和国として英連邦から完全に独立した後も、英国領として残された地域です。そこには英国系のプロテスタントの住民とアイルランド系のカトリックの住民とが混じって住んでいますが、少数派のカトリック系住民はいろいろな差別を受けていました。そして60年代に北アイルランドをアイルランド共和国へ帰属させようとする武装グループの活動が活発になると、宗教的対立が先鋭化し、頻繁に武力抗争事件がおきるようになります。英国首相暗殺未遂事件やロンドンでの爆弾事件なども起きています。ある時期の北アイルランドはほとんど内戦状態に陥ったこともあり、英国軍の駐留は長く続いています。

　ヒーニーは60年代にベルファストのクイーンズ大学で、カリスマ的な教師フィリップ・ホッブスバウム（Philip Hobsbaum）のもとで英文学を学びました。同窓にはほかにも後に知られるようになる文学者マイケル・ロングリー（Michael Longley）などがいました。ヒーニーが文学者として出発したのは、まさに北アイルランドが戦乱をくぐりぬけた時代で、当然ながらそういう中で詩を書き始めるということは、自分のおかれた社会的な状況について何か発言することを期待されたりもするわけです。

ペンと銃

　ヒーニーの作品にも紛争は大きく影を落としています。「掘る」という詩は、代々大地と交わりながら生きてきた家系の自分が、ペンをとってなお、その土との交流を引き継いでいくことを決意するという内容なのですが、たとえばその出だしには次のような部分があります。

　　Between my finger and my thumb
　　The squat pen rests; as snug as a gun.

まずペンを握っている自分がいる。つづいて、父や祖父が地面を掘る

様を語り手は回想するわけですが、そこにふと「銃」なんていう比喩がでてくると、こちらとしても背景にある状況が頭をよぎらないでもない。自分にとってはペンが一種の銃なのだ、という。ちょうど鋤が父や祖父にとっての武器であったのと同じように。ただ、この部分、別に武装闘争の問題などと結びつけなくても読める箇所ではあります。

ヒーニーは、とくに詩の中では、北アイルランド問題に関して明確な政治的な立場を表明することはほとんどありません。先鋭な対立がある状況においては、「お前はいったいどっちの味方なのだ？ 紅組か、白組か、はっきりさせろ」というような要請がされがちなのですが、ヒーニーはそうした党派的議論そのものから極力距離をとろうとしているように思えます。「はっきりさせろ」という要求に対するヒーニーなりの答えは、個人の声への回帰です。公の枠組みにのみ込まれてしまうのではなく、背伸びをせずに、あくまで自分にしかないもの、自分の目から見たものだけについて語り続ける。もちろんヒーニーも、「それだって、一種の態度表明だ。投票を棄権することで、ひとつの政治的立場を表明していることになるのだ」という批判に鈍感なわけではなく、政治的な題材をとりいれた作品も書いてはいますが、その出発点には「掘る」のような、あくまで自分のルーツと自分の声にこだわる姿勢があるのです。

ルーツを探る音

「掘る」で興味深いのは、自分を自分のルーツに向けて掘り下げるという行為が、音として表現されていることです。もともと語り手が掘る行為に注意をむけるのは、掘る音が聞こえてくるからです。音を耳にしてから、そこに目をやる、という順番になっている。

> Under my window, a clean rasping sound
> When the spade sinks into gravelly ground:
> My father, digging. I look down

この詩、韻が踏まれていたりいなかったりして、軽快な形式に乗って

いくのか、それとも逸脱してみせるのか、その境目のところでリズムを作っている感じがあります。今のふたつの引用部でも、それぞれ下線を引いた箇所は、何となく息が急に短くなって立ち止まる感じがありますよね。句の長さが急に短くなって、がくっとなる、その少しぎこちない感じを通して、むしろ独特のリズムを作り出しているような気がする。

また使われている語に注目すると、gun とか dig といったキーワードを中心に短い語が多いです。英語の短い語というのはだいたい日常生活で使う身近でやさしい語です。だけど、おもに受験勉強のために抽象語を中心に覚えた私たち日本人読者にとっては、簡単なはずなのにかえってなじみがない（lug, bog など）ということもあるかもしれませんが、詩の雰囲気としては近づきやすいような、対象そのものの間近までせまっていくような、つまり言葉が物理的な感触をもつ、ひとつひとつの「モノ」のように感じられる世界が立ち上ってきます。お父さんが地面を掘る風景は次のように描かれます。

> The coarse boot nestled on the lug, the shaft
> Against the inside knee was levered firmly.
> He rooted out tall tops, buried the bright edge deep
> To scatter new potatoes that we picked
> Loving their cool hardness in our hands.

nestled on the lug とか、rooted out tall tops とか、buried the bright edge deep というあたり、短い単語を連ねてくっきり明瞭なリズムをつくり、ひとつひとつの動作が音を立てながら地面に何かを刻みつけていく様子を言葉の音で表している感じがします。

動詞の優位

また、お祖父さんの掘る様子はつぎのように描かれます。

> My grandfather cut more turf in a day

> Than any other man on Toner's bog.
> Once I carried him milk in a bottle
> Corked sloppily with paper. He straightened up
> To drink it, then fell to right away
> Nicking and slicing neatly, heaving sods
> Over his shoulder, going down and down
> For the good turf. Digging.

could cut more turf とはじまり I carried him milk とか He straightened up / To drink it といった動作が描かれるのですが、だんだんと Nicking, slicing, going, digging という風に動詞がing化していきます。これもまたこの詩の重要な特徴です。もともと詩の出だしは Under my window, a clean rasping sound / When the spade sinks into gravelly ground という風に、ちゃんと舞台を整えて落ち着いた始まりとなっています。はじめ語り手はペンを手にして書斎に座っているらしい。地面を「掘る」という肉体行為からは遠く隔たっている。ところが三行目の My father, digging という微妙なリズムの転調をきっかけに、I look down とあり、それが行為を見る＝想うことによって行為の中に自ら没入する、という流れになっていきます。遠くから距離をとって客観的に見ていたのが、だんだんと行為のただ中に吸いこまれていくわけです。そういうわけで、お祖父さんが掘る様を回想する連も、思い出として過去形で語っていたのが、時制の区別を越えるような永遠の現在としての ing 形を中心とすることで、行為のただ中に没入する語りへと変わっていくことになります。

なぜ掘るのか？

タイトルにもなっている digging という語は詩全体を通して何度も使われています。その役割は、ある程度の長さをもって連なっていくセンテンスを、短く、すぱっと切ることにあります： going down and down / For the good turf. Digging. これはまさにペンや鋤によって何

かに切れ目をつけ、覆し、耕していくという行為と重なるのでしょう。英詩のリズムというのは基本的にどんどん長く連なっていくところから生まれることが多いのですが（この辺はわりに息の短い日本語のリズムとの違いです）、この詩の場合、digging に具現される短い「ぐ、」という断絶感を、どんどん長くなっていくリズムと上手に組み合わせることで、単なる流麗さとはひと味違った軽快さにつなげてるように思います。

digging の繰り返しによって作られる現在進行形の行為性には、抑制の利いた寡黙さがあります。「ぐ、」という音に、「黙って、やれよ」というようなひたむきさがこめられている。外に向けて雄弁に語ることをめざすのではなく、声にならなくてもいい、とにかく、自分なりの音を発しながら、自分自身の根っこに向けて自分がやらなければならないことをやる、という姿勢なのです。

だから詩の最後も、だんだんと寡黙さが優勢になってくることで終わるのです。少しずつ文法のユニットが短くなり、リズムとしておとなしくなっていきますが、それは内へ内へと力のこめられていくことの証左でもあるのです。

> The cold smell of potato mould, the squelch and slap
> Of soggy peat, the curt cuts of an edge
> Through living roots awaken in my head.
> But I've no spade to follow men like them.
>
> Between my finger and my thumb
> The squat pen rests.
> I'll dig with it.

末尾の I'll dig with it は、「やるぞ」という意気込みを、非常に低い抑えた声で語ることで、この詩全体を無理に公のものとせずに、あくまで自分自身の声の領域にとどめておきたいという願いを表しているのではないでしょうか。

第4章

英詩は問答する

ミルトン / シェイクスピア / トマス / ラーキン / イエイツ

1) アンケートという権力

問いの優勢

　最近はどこに行ってもアンケートをとられることが多くなりました。ものを買えば「使い心地はどうですか？」、ホテルに泊まれば「従業員の対応はどうでしたか？」、大学でさえも「この授業はどの程度役に立ちましたか？」といったように、いちいち意見や感想を求められます。もちろん、相手の欲しいものがわかれば無駄のない商品づくりができるわけですから、企業や学校としてみれば当然の方策と言えるかもしれません。

　でも、アンケートをとられる側はどうでしょうか？「アンケート」という言い方をすると、何かとてもソフトで、余計な利害のからまない、お互いの善意にみちたすがすがしいやり取りという風に感じられるかも知れません。だからこそ、アンケートを騙ったキャッチセールスなどが横行したりもするわけですが、実際にアンケートに答えるという段になると、何だか試験を受けさせられているような、ちょっとこちらが試されているような強制力を感じもします。

　アンケートというのは、こちらがほんとに何かを言いたいときにとられるものではなく、あくまで向こうが何かを訊きたいときに行われるものなのです。つまり、主導権はあくまで訊く側にある。キャッチセールスもそのあたりが巧妙で、誘うときは「ご意見を！」「よろしく！」と言っておいて、まるでこちらにすべておまかせしているように装うわりに、質問をしているうちに、いつの間にかこちらが相手の言うなりになっているような状況が生じてきます。

　不思議ですね。これはそもそも、問いに答えるというやり取りに権力関係のようなものが内在しているためなのかもしれません。質問に答える側というのは、どういうわけかわからないけれど、してやられている、いつの間にか劣勢に立たされているのです。

　今日、パソコンの操作というのはだいたい画面の指示に従えばいいようになっています。「次に進みますか」→「はい／いいえ」というよ

うに選択肢を与えられ、自分の希望通りの道筋をたどればいいというわけですから、一見とても便利になったように見える。

しかし、ソフトにあまり詳しくない人にとっては、こうした選択する権利そのものが面倒くさいというか、何だかいちいち責任をとらされているみたいで、重荷に感じられるということもあります。しかも「このまま前に進むとたいへんなことなるかもしれませんが、それでもあなたは前に進みますか？ それでも前に進む場合は『はい』を押してください」なんていう、どうみても恫喝としか思えないようなメッセージが出てくることもある。こうした問いにいちいち答え、選択肢を選び取っていくときというのは、どうもサービスを受けているというよりは、相手にぺこぺこ頭をさげながらお願いをきいてもらっているという気分になるものです。

降って湧いた災難としての民主主義

私は学生時代に世論調査のアルバイトをしたことがあります。神奈川県の座間市に行き、駅から歩いて15分くらいの町内で50件くらいの家を訪問して、参議院選挙の投票についてひとりひとりに意向を尋ねるというものでした。もちろんアポをとっているわけではないので、半分くらいは留守。突然こんなアンケートをとりにこられたらさぞ鬱陶しいだろうなあ、と思いながらも、リストに挙げられた人に何とか会えたときは、玄関先や縁側でひとつひとつ質問の項目を読み上げ、回答をメモしていきました。

そのときの調査のテーマが選挙だったせいもあるのですが、どうも個人が自分の意見をもって政治に参加する民主主義というスタイルは、こうしていきなりアンケート名簿に無作為抽出されてしまうような、降って湧いた災難と化しつつあるのかな、などとも思いました。

そんな感想を持ってしまったのは何より、私がそこで体験した「政治」が問答という形式をとったせいかもしれません。私が「××新聞」という会社のバッジをしめすと、相手が叱られたようになって神妙な面もちで対応してくれたのが強く印象に残っています。ふだんはもっ

と積極的に政治に関わっているのかも知れない人でも、こうして大きな組織を相手にした問答形式の中に追いこまれて意見を言わされるという状況になると、どうも劣勢に立たされた被害者のようになってしまうのではないでしょうか。

2) 英詩の問答とカテキズム――ジョン・ミルトン「私の目の光りはどうなったのか」

質問する側は偉大である

　前置きが長くなりましたが、そろそろ本題に移りましょう。この章では英詩における問答形式にスポットをあててみたいと思っています。現代では問答というと、アンケートに限らず、試験とか、クイズとか、占いとか、いろいろな形があるわけですが、どの場合も今見てきたような力関係が発生しやすいようです。試験はもっともわかりやすい例ですが、クイズや占いでも問いをたてた段階で、「質問をする側の方が偉大である」という含みが生まれる。そのおかげで「正解」に権威が生まれたり、「予言」がもっともらしい説得力を持ったりするわけです。

　詩でも問答形式はよく使われます。限られたスペースの中で話題を持ち出し、展開し、まとめるためには問答という形はとても都合がよいからです。ただ、詩の場合は単にそうした問答形式の力学を利用するだけではなく、同時に力の発生のプロセスについて非常に意識的にさせる、ということがあります。つまり、問答形式で語ると同時に、問答形式そのものについて考えるきっかけを与えてくれるのです。

　それは詩の問答がほとんどの場合、質問に答えるという単純なやり取りではすまないからです。詩はむしろ問答形式のはらむ矛盾や抑圧や謎までをも明らかにする機能を持っている。ここで大きくからんでくるのは宗教、とくにキリスト教の問題なのですが、それはひとまず後に回し、実際に詩作品を見てみましょう。

ジョン・ミルトン（1608〜74）

　英国の詩人。ケンブリッジ大学のクライスト・コレッジ在学中から秀才の呼び声高く、その美貌もあって「クライストの貴婦人」とも呼ばれた。たいへんな勉強家で、若くしてラテン語をはじめさまざまな言語をマスター、「物思う人」「朗らかな人」「リシダス」など、古典の素養を駆使した名作を20代で執筆。しかし、やがて英国の政治的動乱に巻き込まれ、内戦期にはもっぱら政治的パンフレットの執筆に時間を費やす。秘書として仕えていたクロムウェルの失脚後処刑の危機に直面したが、友人の詩人アンドルー・マーヴェルの尽力もあって罰金刑で済む。まもなく失明。政治的な失望ともあいまって晩年は絶望的な気分に陥る。本書で扱っているソネットはこの時期の作品である。そうした中で娘を相手に口述により『失楽園』（1667年）、『楽園回復』（1671年）など最後の大作群を完成させた。

ジョン・ミルトン

John Milton, 'When I consider how my light is spent' (ca. 1652)

When I consider how my light is spent,
　Ere half my days, in this dark world and wide,
　And that one talent which is death to hide,
　Lodged with me useless, though my soul more bent
To serve therewith my Maker, and present
　My true account, lest he returning chide,
　Doth God exact day-labour, light denied,
　I fondly ask; but Patience to prevent
That murmur, soon replies, God doth not need
　Either man's work or his own gifts, who best
　Bear his mild yoke, they serve him best, his state
Is kingly. Thousands at his bidding speed
　And post o'er land and ocean without rest:
　They also serve who only stand and wait.

9行目　**doth**　《古語・詩語》do の三人称単数直説法現在形。

神に与えられた才能を使わないのは罪

　最初にとりあげるのはジョン・ミルトンによる「私の目の光はどうなったのか」というソネットです。

　まず内容を確認してみましょう。これはある問答について書かれた詩です。失明した語り手が、自らの才能が使われないのを悔しく思い、「神がお怒りになるのでは？」という問いを自問的に発します。なぜ神の怒りを怖れるのかというと、聖書のマタイ伝に「自らの talent（神に与えられた才能）を有効に使わないのは大きな罪である」という一節があるからです。才能を使わないのは罪である、というのがキリスト教の考え方なのです。

ジョン・ミルトン「私の目の光りはどうなったのか」

私の目の光りはどうなったのか
　　まだ人生半ば　しかし世はどこまでも闇に覆われ
　　出し惜しみの許されぬ授かりものの天分も
　　私には役に立たぬ　魂はいよいよ熱心に
創り主に仕えよう　まちがいなき言葉で
　　ほんとうの思いをつたえよう　創り主のお怒りにふれぬために
　　　もと焦り
目の光りを失った者にも　働けと神はおっしゃるのか？
私はつぶやく　すると忍耐が
その言葉をさえぎるようにすぐに答える　神は
人間の働きをも　天分をも　お求めにはならない
神との絆を断たぬこと　それが神への最大のご奉仕　神
は万物の王　行け　と命ずれば何千という兵が従い
　　陸に海にと忙しく散るが
　　じっと佇んで仕える者もまた神の僕(しもべ)

　それで、語り手がそうやって悩んでいると、どこからともなくその自問自答をさえぎるようにして声が聞こえてきます。声の主は「忍耐」と呼ばれています。抽象概念がまるで人間や神々のようにしゃべる、というのは当時の詩ではよくある設定です。一種のお約束のようなものと考えればいいでしょう。「忍耐」が何を言うかというと、「じっと苦しみに耐えるのもまた、神に奉仕しているのに等しいのだ」というようなことなのです。「神の軍勢となって忙しく働くのも神に仕える道だが、じっと動かずにいるのもまた神に仕える道」というような答えが語り手の自問を引き取るわけです。

問いと「ぎくしゃく感」

　こういうわけで、このソネットのプロットは「問い→答え」という

やり取りによって構成されていると言えます。ただ、作品を丁寧に読んでみると、そうした単純な問答形式の中にいろいろと気になる仕掛けがこらされていることにも気づきます。とくに6行目から7行目にかけてのところ。ここでは「神の再臨に際して叱られると困るから、自分がどれだけのことをなし得たのかをちゃんと申し出たい」という一節に続いて「神は盲目となって光りを失った者にも、一日の労働を要求するのか?」という、この詩の柱となる問いがたてられるわけですが、英語の語順でそのまま読むと、問いは語り手の自問というよりは「お叱りになる」神による問いと読めてしまいます。

> 　　　　. . . lest he returning chide,
> 　Doth God exact day-labour, light denied,
> 　I fondly ask;

英語では lest he returning chide につづけて Doth God exact day-labor . . . の部分が来るので、Doth God exact day-labor . . . という問いが神の chiding「お叱り」の一部に見えてしまうわけです。ところがその直後に、I fondly ask「と私はあさはかにも問う」という一節が来て、読者は「ああ、これは語り手の問いだったのか」と読みを修正します。

　論理としてはそこで一応納得しますね。ただ、ちょっと読みがぎくしゃくすることも否定できない。このぎくしゃく感は詩の一部だと考えてもらっていいのです。前の章でも触れましたが、詩の中で難しい部分、まちがえやすい部分、よくわからない部分というのは、むしろ故あってそうなっているのだということを忘れないでください。自分の読解力のなさを責めたり、詩はやっぱり難解だと絶望したりする必要はありません。わかりにくくなることでこそ、詩は何かを表現するのです。この部分でも、「あ、そうか」と読者が自分の読みを修正する、そのために、発言者と発言との間の関係があいまいだなという印象が残ります。そこが肝心なのです。言葉の出所がはっきりしない、発言という行為がどこかよそよそしい。

忍耐の言葉は愛想がない

　似たようなことは他の部分にも見られます。この問いに対する「忍耐」の言葉が、ちょっと独特なのです。ぶつ切れで愛想がなく、そのせいもあってつながりがわかりにくい。とくに末尾の二行はどこに力点があるのか、さっと読むとわかりにくいですね。ここでは神の軍勢の忠実な働きを讃える一方で、それとはちがう働きしかなし得ない者も、神にとっては意味があるのだということをあらためて確認しているわけですが、両者が単に並び称されているようにも読めるため、すっと意味が伝わってはこない。

　つまり、問いにしても答えにしても、どうもセリフに対して発言者があまりコミットしていない、もしくはあからさまにコミットしないようにしているような、抑制された感じがあるのです。こうした問答における距離感は、全体を通した言葉のリズムにも反映されていると言えます。たとえば冒頭の四行の単語を見てみると、単音節語が多いのに気づくでしょう。句などの意味のまとまり（ユニット）も短いですね。

> When I consider how my light is spent,
> 　Ere half my days, in this dark world and wide,
> 　And that one talent which is death to hide,
> 　Lodged with me useless,

こういう風に切れぎれにしゃべられると、どんな効果が出るでしょうか？　雄弁に語るのではなく、低く呟いているような調子に聞こえませんか？　語り手のパーソナリティを押しつけるようにして堂々と語るのではなく、どこか語ることについて自信を持ちきれないような、語ることと語らないことの狭間から言葉が漏れ出るような、静寂の余韻を引きずるような語り口といっていいかもしれません。

しぶとさのソネット

　しかし、だからといって言葉に力がないわけでもない。非常に訥々

と言葉が繰り出され、今にも黙りこんでしまいそうな静寂がそれを覆っているのに、その一方で、なかなか完全な沈黙には陥らない、しぶとい持続力も感じ取れます。この、今にも途絶えそうなのにしぶとく続いていくという口調をよりよく理解するには、もう少し詩の形を見る必要があります。

ソネットという形式については序章ですでに説明しました。ここでは、ひとつ大事なことを付け加えましょう。ミルトンが生まれたのは1608年、亡くなったのは1674年です。ソネットが英国に輸入されたのは16世紀はじめ。エリザベス女王の治世ということもあり16世紀の末にはソネットブームが巻き起こったわけです。が、このブームは比較的短命でもあり、シェイクスピアの『ソネット集』が刊行された1609年にはすでにブームそのものは下火になっていました。

だから、宴の後に出たシェイクスピアの『ソネット集』にもすでに、ソネット黄金時代には見られなかったような変化球というか、独特なクセ球が見られます。ミルトンが詩人として活躍した17世紀半ばには、そうした傾向はさらに強まっていました。もちろん、当時も16世紀的な宮廷風恋愛の図式でソネットを書いていた人は多くいましたが、新しいソネットの可能性を模索しようとする詩人も増えていました。ミルトンのソネットもそのひとつの例と言えるのです。

たとえば韻に注目してみましょう。このソネットでは abbaabba/cdecde という風にきれいに行末の音節が揃えられています。ペトラルカ式と呼ばれる方式です。ペトラルカ式は英国で abab/cdcd/efef/gg のシェイクスピア式ソネットが編み出される前の、もともとイタリアで採用されていた形で、限られた音を何度も響かせる方式であることから、ソネットらしい対称性や羅列性を音楽的に表現することができるとされています。

しかし、このソネットでは、韻がきれいに踏まれていても、その形式美が必ずしも内容とは呼応していません。韻によって作られる切れ目が、内容的な切れ目になっているわけではない。むしろ韻のパターンが内包する切れ目をわざわざ崩すようにして構文がつくられていま

す。たとえばペトラルカ式ソネットは abbaabba/cdecde という風に韻を踏むことから、abbaabba と cdecde の間、すなわち 8 行目と 9 行目の間に、「観察→考察」というような大きな意味の切れ目がくることが多いのですが、ここでは but Patience to prevent / That murmur... というように、その切れ目を跨ぎ越すような文構造がとられています。

その他の部分でも、意味的にも文法的にも行末で一息つかずに、そのまま文が先に続いていくという構成が多くとられています。つまり、ソネットが本来的にその持ち味として持っている対称的な形式美とそこから生まれる音楽性とを提示しておきながら、同時にそこから外れるということが行われているのです。いわゆるソネットらしいソネットがやるはずのことを、わざとやらないでみせる、それがこのソネットの作戦なのです。

覚醒のレトリック

それはどんな効果を生みだしているでしょうか。ふつうなら音楽的な形式美とともに陶酔感のようなものが生まれそうなところ、そうした型があちこちで崩されているため、逆に覚醒的かつ理知的な雰囲気がつくられるような感じがしないでしょうか。

先にも見たように、このソネットでは今にも終わりそうでなかなか途切れない持続感があって、言葉の華麗さよりも、その重さ、鈍さ、遅さなどが目立っているわけですが、それは単に否定的な要素として働いているわけではなく、むしろ華麗な言葉では表現されえないような、深刻で重苦しい苦悩と、そうした苦悩をそもそも可能にする真面目で、考え深く、容易には妥協しない堅牢な意志のようなものを備えた語り手の人格を表すことにつながっているように思えます。

問答がこういう種類の言葉とともに行われているというのは大事な点です。問い、そして答えるというやり取りは、覚醒感の中で、いかにも重たく困難に満ちた思考の一部として行われている、そして、その果てには奥深い真実が神秘の香りとともにほのめかされている、というわけです。何より詩の最後が、他者によって与えられる「答え」

で終わっているということがこうした印象を強めます。語り手自身が最後まで遠慮がちで言葉の主導権を完全には握っていないため、逆に、どこかからご託宣のようにセリフが降ってきてもおかしくない雰囲気があり、そういう雰囲気の中でミステリアスな「忍耐」の言葉が語り手に答えを与える、しかも、その後のフォローはない。こうなると「忍耐」による答えは反論の余地がない決定的な断定にも聞こえる一方、語り手による認知がないだけに、言葉が宙づりにされているようにも読めるのです。

カテキズムとは？

ここでの問答形式は、まさにキリスト教的な信仰のある重要な部分を体現しているように思えます。キリスト教とは権威の宗教です。この詩にも表れているように、神は軍隊的な隠喩を通して強大な権力者として、畏怖される男性的な支配者として描かれることが多いです。また、キリスト教は言葉を重視する宗教です。預言者たちを通して伝えられる神の言葉をいかに受け取るかが信仰のあり方を決めていきます。そういうわけで、問答形式は言葉のやり取りを通して権力の所在を鮮明にするのに、まさにぴったりの型なのです。

16世紀、カトリックもプロテスタントもカテキズムと呼ばれる問答形式のテクストを通して教理の普及につとめるようになります。もともとカテキズムの歴史は古く、キリスト教に限らずプラトンの対話篇や禅問答など、一般に哲学や宗教では問答は重要な機能を果たしてはいるのですが、キリスト教のカテキズムでは〈問い→答え〉という流れが一方通行的である点が目立ちます。英国国教会で16世紀以来使われている『祈祷書』の「カテキズム」のセクションから例を見てみましょう。

Question

What dost thou chiefly learn by these Commandments?

Answer

I learn two things: my duty towards God, and my duty towards my Neighbor.

Question

What is thy duty towards God?

Answer

My duty towards God is to believe in him, to fear him, and to love him, with all my heart, with all my mind, with all my soul, and with all my strength . . . .

Question

What is thy duty towards thy Neighbor?

Answer

My duty towards my Neighbor is to love him as myself, and to do to all men as I would they should do unto me: To love, honour, and succour my father and mother: To honour and obey the Queen, ...

問い

これらの戒めから、あなたは何を学びますか？

答え

ふたつのものを学びます。ひとつは神に対する義務、それから隣人に対する義務です。

問い

あなたの神に対する義務とは何ですか？

答え

私の神に対する義務とは、神を信じ、恐れ、愛することです。それらを心、精神、魂のすべて、全身全霊をこめて行うということです……。

問い

あなたの隣人に対する義務とは何ですか？

答え
私の隣人に対する義務とは、隣人を自分のように愛し、自分にして欲しいと思うことを相手にもするということです。父母を愛し、敬い、助けるということです。女王に敬意を払い、従うということです……。

カテキズムにはっきり表れているのは、一方通行的な〈問い→答え〉という流れの中で、問いを問う者にははじめから権力があり、答えるものはその権力に従うだけ、という仕組みです。ギリシャ的な知がダイアローグ的であるのとは対照的に、キリスト教的な知とはこうして権力によって一方的に与えられるものと捉えられているようです。

問答形式をひねる

　ただ、これはあくまで出発点です。キリスト教的な土壌にあっても、必ずしも問答がいつもきれいに一方通行で知を伝達するわけではありません。むしろ、そうしたフォーマット通りにいかないところから、さまざまな葛藤が生じもするのです。ミルトンのソネットでは、最初の問いを立てるのは一信徒たる語り手自身でした。これはいわば神による問いを自分で代弁し、それに自分で答えようとする試みだと言えます。

　プロテスタンティズムの隆盛とともに起きた大きな変化は、信者が教会を介さずに神と直接対話するようになったことですが、その結果、信者は沈黙を続ける神の前で自問自答せざるをえない状況に追い込まれていきます。ミルトンの語り手にはそういう孤絶感が反映されています。低く呟くような語り口は、神という権威から疎外された信者の持つ、苦しい思弁を示しているのではないでしょうか。その問いが、一瞬、神による「お叱り」の言葉とも読めてしまうということを先ほど確認しましたが、このあたり、語り手が神の問いを代弁しようとしていることとも関係するかもしれません。最後の答えが「忍耐」から来るというのも、本来、語り手が答えるべきものに答えられずにいる、

それを救済したというニュアンスが強い。だから、語り手がそれに納得したのかどうか、どこまで語り手と「忍耐」との間に距離がおかれているのか、という点があいまいになってくるのでしょう。「忍耐」の言葉は、半分語り手自身の言葉でもあるということです。

人間自身が問うこと

いったんまとめてみましょう。問答を土台にしたミルトンのソネットは、そのテーマが「人はいかにして神の忠実な僕となるか」というものであるため、いかにもキリスト教的な神と人間との間の権力関係を示唆します。問い、答える、というパタンにもそうしたヒエラルキーが反映されています。ただ興味深いことに、ここでは権力を持った神が人間に対して問いを発することで支配感を強める、という単純な構図にはなっていません。かわりに問いを発するのは人間自身です。ここでは人間が神にかわって質問を発しているのです。この自問自答は重苦しいような、じっくり一歩一歩を踏みしめていくような言葉を通して、神を探し求める孤独な人間の心の遍歴として表現されています。そこへ、人間を超越した「忍耐」がかわりに答えてくれる。この部分は有無を言わせぬ箴言のような響きも持ちますが、同時に語り手がそれをどう受け取っているのかがぼかされているため、謎めいた余韻を響かせ続けもする。

問いに対する答えが他者によってもたらされるという展開は、詩ではよくあるものです。これは多くの詩の筋書きが「真実の発見」というパタンをとろうとするためかもしれません。権力からの問いに答えることで服従を内在化してしまう場合とちがって、他者からの答えを迎えて終わる詩には、主体的に外の世界の真実を探求しようとする、いかにも近代的な知の形式が読めるのです。もちろんこの答えが声という形で訪れる以上、依然として神という権力の影は見え隠れしますが、見知らぬ声に耳を傾けるという姿勢には、真実をあらかじめ規定されているものとしてとらえるのではなく、いまだ見えざるものとして未定の領域の中から探し出そうとする態度も生まれつつあるのでは

William Shakespeare, 'Sonnet 18' (1609)

Shall I compare thee to a summer's day?
Thou art more lovely and more temperate.
Rough winds do shake the darling buds of May,
And summer's lease hath all too short a date.
Sometime too hot the eye of heaven shines,
And often is his gold complexion dimmed;
And every fair from fair sometime declines,
By chance or nature's changing course untrimmed.
But thy eternal summer shall not fade,
Nor lose possession of that fair thou ow'st,
Nor shall Death brag thou wand'rest in his shade,
When in eternal lines to time thou grow'st.
 So long as men can breathe or eyes can see,
 So long lives this, and this gives life to thee

2行目 **thou** 二人称単数形主格の人称代名詞 you の古形。1行目の thee がその目的格。

10行目 **ow'st**、11行目 **wand'rest**、12行目 **grow'st** owe、wander、grow に語尾 -st（thou に伴う動詞の二人称単数直説法現在および過去を示す）を付けたもの。

ないでしょうか。

3) 問答ゲームの可能性——ウィリアム・シェイクスピア「ソネット18番」

ひねる前のソネット

問答形式は時代が移るにつれ、だんだんにひねった形をとることが多くなっていきます。そうした例をこの章でも確認したいのですが、まずは典型的な形式美を備えたソネットで問答がどう表現されている

ウィリアム・シェイクスピア「ソネット18番」

あなたを夏の日にたとえようか?
いや　あなたはもっと美しく　穏やかだ
五月の愛くるしい蕾も　手荒な風に揺すられるし
夏の期限はあまりに早く訪れるもの
天の目たる太陽も　時には灼熱の暑さで照らすし
その黄金の面（おもて）が翳ることはしばしば
美しいものは　いずれは美しさを失うもの
偶然や自然の推移に汚されて
でも　あなたが永遠の詩行のなかで永遠の時へと成熟したならば
あなたの永遠の夏は決して色あせることはない
あなたの美しさの所有権を失うこともないし
死があなたを虜にしたと触れ回ることもない
　　人が呼吸し　人々の目がものを見る力を失わない限り
　　この詩は生き　あなたに命を与え続ける

かを見ておきたいと思います。シェイクスピアのソネット18番です。

　18番はシェイクスピアのソネットの中でももっとも有名なもののひとつです。パトロンの男性の美しさ、すばらしさを褒めあげつつ、詩人である自分がその美を不朽のものとして祭り上げましょう、と自負心とともに結ぶというのが大まかな筋なのですが、この詩も出だしは自問です。1行目で「あなたを夏の日にたとえようか?」という問いがあって、2行目以降、この問いに対して答えることで、いかに男性がすばらしいかをあらためて強調する、という展開です。「夏の日」は必ずしも至上のものではない、素晴らしいところばかりだというわけではない、ということを説明し、「夏はすぐ終わってしまう」とか「暑すぎることもある」とか、「翳ってしまうことがある」という風にネガティヴな要素を連ね、最後に、どんな素晴らしいものでもいずれ衰える、偶然によって、あるいは自然のならいによって、美しさを奪わ

れるのだ、と一般化します。「夏の日」だってその例にもれない、とでも言わんばかりに。

　実際には冒頭の問いにすでに「いや、とても夏の日にたとえることなどできない」という含みがあるため、2行目以降はこの含みを手を変え品を変え変奏していくものと読めるでしょう。これに続く 9～12 行目では、でもあなたは別だ、あなたは永遠の夏だ、美しさを失うこともないし、「死」があなたを生け捕りにすることもない（正確には「死があなたは死の世界で彷徨しているのだと自慢することもない」ですが）という。

　最後の 2 行はまとめになっています。いままで言ったことを振り返りつつ、「つまりはこういうことなのだ」と教訓めいた締めくくりです。「この詩であなたのことを歌ったわけだから、そのおかげであなたは不滅だよ」とやや恩着せがましく言うわけです。シェイクスピアらしい誇張がふんだんにもちいられた、優雅で華やいだ空気のたっぷり流れるソネットだと言えるでしょう。

自問自答の構造

　このソネットでは、自分で立てた問いに自分で答えるという構造がかなりはっきり出ています。ここでの問いは、権力によって押さえこもうとする問いでもなければ、自分で真実を求めようとする探求のための問いでもありません。あまりに自問自答的に完結するため、ゲームのような様式性の方が際立っています。韻はシェイクスピア式、つまり abab / cdcd / efef / gg という風に踏まれており、4 行ごとに文法的なユニットがまとまってセンテンスが終わったり内容が完結したりするため、形式美と内容とがきれいに調和しています。言いたいことを次々に並べ立てながら、いつの間にかシンメトリーのはっきりした均整美の中にそれを整えていくという見事さは、自問自答のゲーム性とあいまって、語り手のお手並みを拝見しているという印象を持たせます。

　ソネットは 14 行という形式的な縛りを持っています。その中でど

のように表現をつくるかというところが詩人の腕のみせどころとなるわけですが、このソネットの自問自答はそうした形式的縛りの一環のようにも見えます。つまり、答えのあらかじめ見えるような窮屈な自問自答の枠の中で、次々にイメージがふくらんでいくような増殖感、多量さ、豊饒さを表現する。狭さの中でこそ多さや豊かさを語ることで、まるでソネットというゲームの奥行きを試しているようなのです。自分の問いに自分で答えるというのはある意味では奇形的なまでの自明性を背負いこむことであり、語り手はわざわざ自分をゼロ地点に追いつめているのですが、それをいとも簡単にひっくりかえすようにして、言葉やイメージがひろがっていくというあたりは、エリザベス朝の爛熟した空気ならでは遊び心の発現といえるでしょう。

　同じ自問からはじまるソネットでも、シェイクスピアのものとミルトンのものとはトーンも対照的だし、問答形式の含意するものも全く違うということがおわかりいただけたかと思います。ミルトンの作品はソネット的な均整美をあえて崩すことで、そのぎこちなさを通して言葉との独特な関係を築こうとするものでした。時代が下るにつれ、様式性の外に出ようとする傾向はますます強まっていきます。詩は与えられた予定調和的な枠組みの中で華麗なゲームを展開するだけではすまなくなり、それとともに、問答形式そのものにもいろいろなひねりが加えられていくことになるのです。

R.S. Thomas, 'The Hand' (1975)

It was a hand. God looked at it
and looked away. There was a coldness
about his heart, as though the hand
clasped it. As at the end
of a dark tunnel, he saw cities
the hand would build, engines
that it would raze them with. His sight
dimmed. Tempted to undo the joints
of the fingers, he picked it up.
But the hand wrestled with him. 'Tell
me your name,' it cried, 'and I will write it
in bright gold. Are there not deeds
to be done, children to make, poems
to be written ? The world
is without meaning, awaiting
my coming.' But God, feeling the nails
in his side, the unnerving warmth
of the contact, fought on in
silence. This was the long war with himself
always foreseen, the question not
to be answered. What is the hand
for ? The immaculate conception
preceding the delivery
of the first tool? 'I let you go,'
he said, 'but without blessing.
Messenger to the mixed things
of your making, tell them I am.'

R・S・トマス「手」

それは手だった　神は目をやり
そむけた　神の心は冷たくなった
まるで手に握られたかのように
まるで暗いトンネルを抜けた先に
手が作るであろう都市や　その都市を
蹂躙(じゅうりん)する機械が見えるかのように
視界が翳る
指の関節をはずしてやろうと
神は手をとりあげる
しかし手は神に抵抗した　「名を
名乗れ」手が言う　「お前の名を
輝く金の色で書いてやろう　何かなすべきことは
ないのか　つくるべき子供は　書かれるべき詩は
ないのか　世界にはいまだ意味がない
世界は私の到来を待っている」
しかし神は
脇腹の釘痕と　手の不気味な暖かさとを感じながら
何も言わず
ただ争いつづけた
これは自分自身との長い戦い
決して終わることはない　答えはないのだ
手は何のためのものか？
最初の道具が生み出されるに先立つ
処女懐胎か？「行け」
神は言った　「祝福はしない
私の言葉を　お前が作り出す
さまざまなものたちに伝えよ　私はいる　と告げよ」

ロナルド・スチュアート・トマス（1913～2000）

英国の詩人。Cardiff 生まれ。父は水夫。ウェールズの大学で古典を学んだ後、母親の薦めで神学校に進み、英国国教会の牧師となる。両親は英語しか話せず、トマスがウェールズ語を学ぶようになったのは信者とコミュニケーションをとるためだったが、やがてアングロ・ウェルシュ詩人としてウェールズ語を習得するのは義務であるとの信念を得、自伝などウェールズ語による執筆も行うようになる。詩作品では、いかにも聖職者らしい厳しく透徹した硬質の抒情とともに、ウェールズの荒涼たる自然や田舎の人々を描いており、アングロ・ウェルシュ詩人としてのアイデンティティをかなり鮮明に打ち出している。その創作欲の根源には、ウェールズとイングランドの文化的な狭間に落ち込んだ困難を始め、宗教観や政治性を含めたさまざまな葛藤があり、自然描写の中にも苦々しい自意識や堅牢な観念性が顔をのぞかせる。宗教意識にしても、信仰告白が自明のプロットとして作品を構成するわけでは決してない。集大成としての『全詩集 1945～1990』が1993年に出ている。

4) キリスト教後の問答形式――R・S・トマス「手」

神がぎゅっと掴まれる

　20 世紀になっても詩における問答形式は宗教の影を引きずることが多いです。逆にいうと、問答することが自然と宗教的、もしくは超越者の存在をほのめかすような何かを詩に呼びこむのでしょう。そのせいもあって、宗教者でありながら詩人という場合、世界を理解しようとする試みが問答形式を借りて行われるということにもなりやすいわけです。

　次にあげる R・S・トマスはまさにそうした例のひとりです。英国国教会の牧師だった人で、「宗教がかつてのような力を持たなくなった現代に、どう信仰というものをとらえるのか」という問題と向き合った作品を数多く残しています。この「手」'The Hand' という作品もそ

うしたテーマを扱った一篇です。

　この詩はかなり珍しい設定を用いています。主人公はほかならぬ神です。神を、手が、ぎゅっと握るというのです。神を握るとはいったいどういうことか、そんなことが可能なのか、手はいったい誰のものなのか、どうやって手がしゃべるのか、などなど、いろいろとわからないところがあるのですが、そのあたりの細部にはおかまいなしでどんどん話は進んでいきます。

　山場は「あなたは誰だ？」と手が神に尋ねるところでしょう。何でもやってやるよ、と手は言います。「あなたの名をまばゆい金の文字で書いてやろう」とか、「どんどん子供をつくろうか？」「詩を書こうか？」と言ってくる。「私がいなけりゃ、世界は無意味だ」とまで言うのです。でも、神はどうも手のことを信用していないらしい。キリストとして裏切られた記憶が残ってもいる（だから十字架上で 磔 にされたときの「脇腹の釘痕」が痛むのです）。そうして逡巡したあげく、「もういい、行け」と言います。ただし祝福はしない。神のお墨付きは与えない、というのです。そして「私のことを忘れるなと皆に伝えよ」という神の最後の言葉で詩は締めくくられます。

　神が得体の知れない手にぎゅっと摑まれるなんて、不気味なブラックユーモアみたいですね。ただ、神がこうした問答に巻きこまれるという状況は、そもそもキリスト教の権威が問答形式を通して維持されてきたことをあらためて思い出させてくれるという意味で、とてもおもしろいと思います。20世紀になると、神はもはや居丈高に問いを発したり、高所から判定を下したりする存在ではなく、むしろ自ら問いに直面するような弱い存在としてイメージされるということです。最後のところで神は、問いに答えるかのようにして語らざるをえなくなる。一応その言葉は「私のことを忘れるなと皆に伝えよ」という命令形になっていて、何となく偉そうな態度が保たれてはいるのですが、それに先立ち「この手はいったい何なのだ？」という疑問が大きく立ちはだかっていて、神の逡巡や困惑の方が目立ってしまいます。

Philip Larkin, 'Days'(1953)

What are days for?
Days are where we live.
They come, they wake us
Time and time over.
They are to be happy in:
Where can we live but days?

Ah, solving that question
Brings the priest and the doctor
In their long coats
Running over the fields.

フィリップ・ラーキン（1922〜85）

　英国の詩人、小説家。コヴェントリーで育ち、オックスフォード大学に進学、キングズリー・エイミスやジョン・ウェインと知り合い、後に「ムーヴメント」と呼ばれる世代の中心的存在となる。元々小説家志望だったが、『ジル』（1946年）と『冬の少女』（1947年）発表の後は詩作を中心とする。処女詩集は『北航船』（1945年）。次の『欺かれること少ない者』（1955年）は気取らない口語調を滑らかに駆使した作品群を収める。若々しさや感傷が混じることもあるが、「教会行き」のような詩には、詩人の語り口のうまさがよく出ている。「ひきガエル」に見られるように、後年よりはっきりしてくるペシミズムが姿を見せ始めてもいる。こうした閉塞感と穏やかな虚無感とは、ボヘミアン風の放浪よりは「定められた勤務時間」の拘束を求める詩人にとって、人生を安定させるための必要悪だったとも言える。この頃からムーヴメント系の詩人に特徴的な日常性へのこだわりがはっきりし、悪く言えばやや低空飛行気味の題材の扱いに、ラーキンな

フィリップ・ラーキン「日々」

日々は何のためにあるの？
日々は私たちの生きるところ
日々はやってきて　我々を目覚めさせる
何度も　何度も
日々は幸せになるところ
日々以外　私たちはどこで生きるというの？

その問いに答えるとなると
坊さんとお医者が
長いコートをひるがえして
野原をすっ飛んでくることになる

りのリアリズムが打ち出されてくる。
　『聖霊降臨祭の婚礼』(1964年)と『高窓』(1974年)は円熟期の詩集で、語りのテクニックにはいっそうの磨きがかけられる。読み手をひきこむスムーズな語り口の中でもとくに目立つのは、どきっとさせるようなパンチの効いたフレーズの巧みな使用である。ラーキンはおそらくジャーナリズムなどで最も引用頻度の高い二十世紀詩人のひとりで、その中でも「性交渉は1963年に始まった」の一節で知られる「素晴らしき年」はもっとも知られたもののひとつだろう。こうしたエピグラムめいた言い回しにかいま見える語り手のスタンスは、同じ諦念を基調としてはいても、たとえばマシュー・アーノルドの「ドーヴァー海岸」のそれとは明らかに違う悪意や攻撃性を潜ませてもいる。

マシュー・アーノルド (1822〜88) の「ドーヴァー海岸」

　英詩の典型的な抒情性を表現すると言われる「ドーヴァー海岸」は、

恋人に語りかけるという形をとりつつ、海辺でメランコリックな無力感にひたるという作品。次に引用する部分は作品中盤のかなり盛り上がるところだが、そこで大事なのも、「何かが聞こえてくる」という感覚。恋人の存在が前提とはされているものの、人気のなさを表す海辺の静けさがセッティングとしては重要である。入り組んだ構文が波の寄せては返す響きを模倣している。

> Listen! you hear the grating roar
> Of pebbles which the waves draw back, and fling,
> At their return, up the high strand,
> Begin, and cease, and then again begin,
> With tremulous cadence slow, and bring
> The eternal note of sadness in.

> ほら　君にも聞こえるだろ
> あのきしむような叫び
> 波が引き戻し　また帰ってくると
> 高い岸へと石を打ち上げるたびにおこる叫び
> その叫びが始まり　終わり　また始まるのを聞いていると
> 震えるようなゆっくりとした抑揚とともに
> 永遠に響く悲しみの音色をもたらすのがわかるだろう

5) 問答の終焉——フィリップ・ラーキン「日々」、「お次ぎ、どうぞ」

答えがない

20世紀の後半に活躍したフィリップ・ラーキンは、むしろ神なき世界の、その徹底した世俗性と面と向かった詩人と言えるでしょう。しかし、ラーキンにおいても、超越者の不在はしばしば絶望感を呼び起こします。ラーキンの絶望は、問答的なやり取りの果てに結局答えが与えられない、誰も自分の問いかけに答えてくれない、という状況

によって引き起こされるのです。だからそこではカテキズム的な権力関係の衰退だけではなく、真実探求のための問答そのものが終焉したという意識が強く示唆されています。啓蒙主義以来、文句なしに受け入れられていた「知」の形に、大きな疑問符がつけられるのです。まずごく簡単な例として「日々」という詩を見てみましょう。

　きわめて平易な言葉で書かれた作品ですね。「日々って何？」という語り手の自問らしきものから詩ははじまります。それに対し「日々とは我々の生きるところ、／やってきて我々を目覚めさせる、／いつもいつも。／日々とは幸福なるところ」という答えがあったあと、「日々以外に生きる場所なんかない」という問いが修辞疑問のようにして続きます。ところがこの修辞疑問に対し、一行はさんで、変にストレートな答えが返ってくる。「日々以外の場所といえば……」と、唐突に「死」の現場がイメージされるのです。「日々」が生きるための場所だとすると、「日々」の外は「死」の世界だというわけですが、それを牧師さんとお医者さんが駆けている、というやや漫画チックな情景とともに描いているわけです。

答えを信用しない

　この詩の勘所は、答えがすでに内包されているはずの修辞疑問に対し、いきなり答えが返ってきてしまうというところにあるでしょう。ラーキンという詩人は問答形式を下敷きにした作品を多く書いているわけですが、だいたいにおいて答えは結局最後まで与えられなかったり、この詩のように意外なところからひょっと出てきたりする。つまり、どうもこの詩人は答えというものに根本的な不信感を持っているのではないかと思えるのです。次に取り上げる作品は、そのあたりの心情がもっと露骨に出たものです。

Philip Larkin, 'Next, Please' (1951)

Always too eager for the future, we
Pick up bad habits of expectancy.
Something is always approaching; every day
Till then we say,

Watching from a bluff the tiny, clear,
Sparkling armada of promises draw near.
How slow they are! And how much time they waste,
Refusing to make haste!

Yet still they leave us holding wretched stalks
Of disappointment, for, though nothing balks
Each big approach, leaning with brasswork prinked,
Each rope distinct,

Flagged, and the figurehead with golden tits
Arching our way, it never anchors; it's
No sooner present than it turns to past.
Right to the last

We think each one will heave to and unload
All good into our lives, all we are owed
For waiting so devoutly and so long.
But we are wrong:

Only one ship is seeking us, a black-
Sailed unfamiliar, towing at her back

フィリップ・ラーキン「お次、どうぞ」

いつも未来のことが気になって　私たちには
期待する、という悪い癖ができる
いつも何かが近づくのだ　毎日々々
「またね」と繰り返しながら

岸壁から見ていると　小さい　くっきりした
期待という名の輝く船団が近づいてくる
あんなにゆっくり！　うんと時間をかけて
急ごうなんてしやしない！

でも私たちは　結局　手に失望を
束のようにして握りしめたままだ　なぜなら
巨大船団は邪魔もされないのに、真鍮細工もあざやかに
ロープもしっかりと結ばれ

旗をなびかせ　船首は金の乳房を光らせ
こちらに身を乗り出しているというのに　決して停泊はしないから
あ　来た　と思うそばから　もう過去のものになっている
最後まで

私たちは信じ続ける　きっと船はそれぞれ停まって
私たちに幸という積み荷をおろしてくれると　こんなにずっと
熱心に待っていたのだから　きっと報われるはずと
だけど私たちは間違っている

私たちにやってくる船はただひとつ　黒い
見慣れぬ帆をなびかせ　ひきつれているのは

A huge and birdless silence. In her wake
No waters breed or break.

　この詩は船舶用語をたくさん使っていますが、比喩的に私たちの日常体験を描いていると言えるでしょう。題名にもあるように私たちはいつも「この次、この次」と未来をあてにしている、というのです。別れの挨拶で「じゃあね」という、あれだって癖みたいにして「この次」をあてにしている証拠だと言う。ちょうどそれは岸壁から壮麗な船団を見つめている状況と似ています。船はあくまでゆっくり近づいてくる。第三スタンザから第四スタンザにかけて、船首にはきらびやかな装飾がほどこされて、しかし、船は決して停泊することなく通り過ぎていってしまうというあたり、巧みな細部描写によるくすぐりと絶妙の間合いとが、期待感の裏切られるプロセスを上手く描き出しています。

やっぱり答えが欲しいから

　こうして見果てぬ夢に踊らされ続けるのが人間だ、という認識がこの詩にはあります。そうしてさんざん待ったあげく、やってくるのは虚無、つまり全く無意味な死なのだ、というわけです。ただ、先ほどラーキンは答えに対して懐疑的だと言いましたが、ある意味ではその懐疑や絶望は答えに執着していることの現れだとも言えるのです。答えが欲しくてしかたがない。だからこそ、絶望する。そもそも答えなんかどうでもよければ、いちいち問いを立てることもないわけですから。

　これは次章の「なぜ英詩は偉そうに断定するのか？」のところでくわしく扱いたいと思いますが、この詩に見られるような寓話的な語りというのは、どこかに「普遍的な真実を手に入れたい」という願いがあることをも示しています。寓話というのは、世界の成り立ちを一般化して、ひとつの箱に押し込めてしまうのです。個別の事柄というの

鳥もいない巨大な静寂　船のすぎたあと
水は満ちも　波立ちも　しない

は千差万別、二度と同じことなんか生じない。だけど寓話でなら、一般化できる。ラーキンはしばしば寓話の枠組みの中で問答形式を立ち上げ、そうしておいて、やっぱり答えなんかないさ、という結論にたどり着こうとする。でもいうまでもなく、「答えなんかないさ」だって、答えには違いないわけです。

W. B. Yeats, 'The Lake Isle of Innisfree' (1892)

I will arise and go now, and go to Innisfree,
And a small cabin build there, of clay and wattles made:
Nine bean-rows will I have there, a hive for the honey-bee,
And live alone in the bee-loud glade.

And I shall have some peace there, for peace comes dropping slow,
Dropping from the veils of the morning to where the cricket sings;
There midnight's all a glimmer, and noon a purple glow,
And evening full of the linnet's wings.

I will arise and go now, for always night and day
I hear lake water lapping with low sounds by the shore;
While I stand on the roadway, or on the pavements grey,
I hear it in the deep heart's core.

ウィリアム・バトラー・イエイツ (1865〜1939)

　アイルランドの詩人、劇作家。ダブリンのアングロ・アイリッシュの家庭に生まれる。はじめ美術を学ぶが、文学に転向。若い頃から神秘的なものへの興味を持ち、特に劇作品には神秘主義的な要素を多く盛りこんでいる。詩の方は、初期はケルトの薄明とも言われる朦朧とした陶酔感漂う抒情が特徴で、本書で扱った「湖のイニスフリー島」もそうした傾向をもっている。が、中期から後期にかけて老いをテーマとすることが増えるとともに、苦みが強烈に意識され、現世に対する不満を半ば道化めかした語り手にくどくどと独特の味わいとともに語らせる作品が増えてくる。そうした中でも、アイルランドの独立を目指したイースター蜂起を描いた「1916年イースター」(1916年)、旧世界の崩壊と新しい世界秩序の誕生を夢想する「再臨」(1921年)、生まれたばかりの娘に対する希望を歌った「我が娘のた

英詩は問答する

W・B・イエイツ「湖のイニスフリー島」

さあ　私は立ち上がって行こう　イニスフリーへ行こう
そしてそこに小屋を建てよう　土と編み枝を使って
豆の木を九列分だけ育てよう　ミツバチの巣もあるといい
そうして一人きりで　蜂の羽音の響きを聞きながらそこに暮らそう

そこには平安があるのだ　平安はゆっくりとおりてくる
朝の霞からコオロギの歌う場所へとしたたり落ちる
そこでは　真夜中はかすかな明滅にすぎず　真昼は紫の光
夕方にはムネアカヒワの翼が音をたてるのみ

さあ　私は立ち上がって行こう　昼も夜も
湖水が低い音で岸にうち寄せるのが聞こえてくるのだから
道ばたに　あるいは灰色の歩道に立って
心の奥の深いところで私は聞いている

めの祈り」（1919 年）などには、老いを意識しつつも、なおあふれるエネルギーをかかえもった者特有の迫力がある。

W・B・イエイツ

6) 聞こえない問いを聞いてしまうこと
── W・B・イエイツ「湖のイニスフリー島」

アブラカダブラのかけ声

　それでは最後にW・B・イエイツの作品を見てみましょう。この詩ではあからさまに問答形式が採用されているわけではないのですが、語りを前に進めていくに際して隠れた問答が差し挟まれているようにも読めるので、そのあたりを確認してみましょう。

　都会の喧噪をはなれてイニスフリーに行きたい、そこで豆の木を植えたり、ミツバチを飼ったりして、朝から晩まで自然の息吹に耳を澄ませながら陶酔に浸っていたいという詩です。イニスフリーというのはイェイツが実際に行ったことのある場所なのですが、ここではそこが桃源郷のような、永遠にたどり着けない夢の場所のようにして描かれています。

　そもそも I will arise and go now なんていう言い方は何だか古めかしいですよね。儀式のような言葉遣いです。だから、「行くぞ」というわりには、そのかけ声があくまで儀礼的なものに終わっているようなのです。実際に行けるとは思っていないらしい。でもそんな不可能の予感があるからこそ、イニスフリーはいっそう幻想味を増し、この世ならぬ美しさをたたえてくるというわけです。

　これは結局、何もしない詩です。「行こう」と言いながら、行きはしない。ではほんとうに何も起こらないのかというとそうでもない。何もしないかわりに言葉によって、アブラカダブラ的に何かを生み出そうとする。これは聖書の創世記にあるような「光あれ」(Let there be light) 的な魔術性だと言えるでしょう。「私は今、立って行こう」と魔法のかけ声をかけることで、「小さな小屋」だの、「九列の豆の木」だのといった具体物を、想像力の中で捻出してしまう。この詩は言葉によって象徴的に行為を行っているのです。

隠れた問答形式

　それでよく見ると、この詩にも実は問答形式が内在しています。「私は今、立って行こう」という言葉と、そのあとに続く具体的なイメージとの関係がまったく相補的だということに注意してください。つまり「私は今、立って行こう」というセリフがあまりに抽象的かつ遊離的であるため、そのあとにはどうしても「それでどうなる？」「それでどうする？」という問いかけが聞こえてしまう。問いのための、空隙が生まれるということです。第一連目の And、二連目・三連目の for（あるいはそういうことをいえば、二行目冒頭の And も）など見ると、いずれも、はじめのかけ声によって生じた「それで？」の空隙を埋めることで、その後のイメージにきっかけが与えられ、その原動力となっていることを表しています。and とか for といった接続詞には、「これから答えにあたる部分を言うんですからね」というようなスタンスが読めるので、言葉が問答形式の一環に組みこまれていくような作用があるのです。

　この詩の最大の特徴は「過去的」でないところでしょう。語り手はほとんど既成事実に依存しないでイメージを造ろうとしています。すべてがこれからであり、常なる「砂上の楼閣」性にさらされているとも言えます。そうした言葉が自らモチーフを切り開いていくために、自ら問いを立て、それに答えるという枠組みに拠っているのではないでしょうか。

　これはシェイクスピアのソネットにおけるようなあからさまな自問自答とはちがいます。予定調和的なゲームを設定して、読者ともそのルールを仲良く共有し、自分でもそこに浸ってしまう、というような安心感は読めません。実際には問いは発せられないのです。むしろ聞こえない問いを自ら聞こうとしている。そのことで先へ進むという仕掛けになっています。問いを空想することによる答え、といってもいいかもしれない。それがこの詩の特異な「宣言」性を生み出しているのです。

　この作品に哀切感が響くとすると、それはもはやふつうの問いは聞

こえなくなってしまった、という喪失感によるのかもしれません。問答形式と深く結びついてきた詩という様式の衰退、もしくは変質を予感させるようにも思えます。20 世紀の詩は、すでにトマスやラーキンの例で見たように、問答形式をかつてのような形でストレートに使うことはしなくなりました。しかし、詩においてのみならず、人間の言語活動において問答形式そのものは相変わらず重要な役割を持ち続けています。詩作品でも、問答形式に対するこだわりは生き延びているようです。イエイツの「イニスフリー」に表れたように、聞こえていない問いを聞いてしまう、という形は問答形式のひとつの変異体として興味深いものでしょう。次の章ではそのあたり、詩における「断定」という行為とからめながら考えてみたいと思います。

第 5 章

なぜ英詩は偉そうに決めつけるのか？

ディキンソン / スティーヴンズ / エリオット / シェイクスピア

1) 言葉がすること

言葉の身振り

「言葉にはどんな働きがありますか？」と訊かれれば、すぐに返ってくるのは「意味の伝達」とか「意志の疎通」といった答えでしょう。海外旅行に行くときに何より心配なのは、うまく現地の言葉で用事が足せるかどうかということです。英語をちゃんと勉強しよう、英会話学校に行こう、と決心するきっかけとして多いのはおそらく、思うように情報のやり取りができなくて苦労したという体験ではないでしょうか。しかし言葉は、意味を伝える道具であるだけではありません。ちょうど人間の手が食事をしたり、顔を洗ったり、文字を書いたりするのと同じように、言葉自体が何かをすることができるのです。

この問題をはじめて理論化したのはイギリスの哲学者 J・L・オースティン（1911〜60）でした。それまでの言語哲学では、言葉はつねに、情報として真であるか偽であるかを問いうるものとして扱われているのに対し、オースティンは真偽を問いえない種類の言葉もあるということに注目しました。たとえば誰かが「謝るよ」と言った場合、その人は「謝る」と発言することによって、実際に謝っているわけです。「謝るよ」という言葉は、真か偽かを問いうるような叙述としてあるのではなく、あくまで謝るという行為として働いている。オースティンが言語哲学のパラダイムとして整備しようとした枠組みはもっと精密で複雑なものですが、少なくとも言葉が何かをするという視点は詩を読むに際しても便利なものなので、この「行為」という概念をやや緩い形で、私たちの考察にも取り入れたいと思います。

断定することの輝かしさ

この章のトピックは「なぜ英詩は偉そうに決めつけるのか？」です。英詩にはしばしば断定調が見られます。なぜ断定することが大事なのか、なぜ決めつけることで詩になるのか、と考えてくると、どうも本当に大事なのは中身の真偽よりも、真なるものを告げるというポーズ

そのものではないかと思えてきます。決めつけるという行為自体が輝かしい。断定の行為を通して、詩の言葉が持っている「らしさ」が際立ってくるのです。

考えてみると、英詩に限らず、言葉がインパクトを持って、いかにもその形を誇示する瞬間というのは、「こういうことだ！ 思い知ったか！」と真理を告げる身振りをかざすときかもしれません。断定するとき、言葉はその根源的な威力を見せつける。ほとんど暴力的と呼べるほどの、強引で、完結した「させる力」。そういうとき私たちはあらためて、そうか、言葉は何かをすることができるのだなあ、と思うのではないでしょうか。

たとえば聖書のマタイ伝に次のような一節があります。

> And again I say unto you, It is easier for a camel to go through the eye of a needle, than for a rich man to enter into the kingdom of God.

有名なセリフなので聞いたことのある人も多いかと思います。金持ちが天国に行くのは、ラクダが針の穴を通るのより難しい、とキリストが語るところです。前章でもふれたように、英詩はキリスト教的な考え方とか感受性といったものの影響を大きく受けているわけですが、こうした箇所は、言葉と権威の宗教としてのキリスト教のスタイルを凝縮した形で表しているので参考になるでしょう。その特徴を箇条書きでまとめると、

（1） 偉い（らしい）人が頭ごなしに、説教調で語っている。
（2） 比喩が使われている。
（3） 「ラクダが針の穴を通る」といった部分など、ちょっとしたエピソードらしさがある。
（4） 前半と後半でバランスのとれた、対称的な表現になっている。
（5） 難しい。考えさせる。

(6) 「こうだ！」と決めつけているだけで、理屈や説明はない。
(7) 話が極端である。
(8) 倫理にかかわる話である。こちらが悪いことをしているような、間違いを正された気分になる。
(9) 常識を覆している。
(10) 短い。

こうした要素を眺めてみると、言葉が断定調の威力を発揮するときにどんな仕組みが働くかが見えてこないでしょうか。何より大事なのはおそらく、語り手が聞き手よりも一段上であると示唆されることでしょう。だから状況の設定においては、(1)のような「語り手の持ち上げ」とか、(8)のような「聞き手の貶め」が仕組まれる。さらに(5)の難解さ、(6)の説明の不在、(7)の極端さなどによって、そもそも内容を理解されることを言葉自体が半ば拒否しているような印象ももたせます。

また(2)の比喩、(3)のエピソード性、(4)の対称性など、様式美を通して聞き手を寄せつけない完結感やガードの固さも生まれてくる。語り手は聞き手よりもつねに一歩先を行っているように見えるわけです。含意されているのは聞き手／読者の愚かさで、だからこれを「君たちはバカだ」のレトリックと呼んでもいいかもしれない。こうした語り手と聞き手の力関係を背景に、(9)の常識の転覆も、通常以上のインパクトを持つわけです。

短さの威力

ところで私がここで何より注目したいのは、(10)の短さの問題です。難解さ、説明の不在、極端といった要素は、突き詰めるとどれも言葉の短さに由来しているともいえます。また比喩とかエピソード、対称性といった様式も、短い中で仕組まれてこそ目にもつくし、効果を発揮しやすい。どうも断定調を演出する根本のところにあるのは、あっという間に終わってしまう言葉の、完結感に富んだ短さなのではない

かという気がします。

　ここですぐ思い浮かぶのがアフォリズムという様式です。ちょうど良い例をひとつあげましょう。

> Good things, when short, are twice as good.
> 良いものは、短ければ、良さが倍になる。（グラシアン）

アフォリズムはことさらに言葉の短さを突きつけます。いかにも難しげで、中身が詰まっていて、エレガントで、読み手を見下すようなふんぞり返った感じがある。さっきのラクダの比喩にあった、容易な理解を阻む堅牢さとか、自己完結的な様式美といった特徴は、ことごとくアフォリズムにも当てはまります。アフォリズムは断定調がもっとも洗練される形式だと言えるでしょう。そこで表現されるのは、身振りとしての知恵です。「君たちはバカだ」の語り口を通して、賢さが行為として行われている。言葉が知恵を、いわば演じているわけです。

アフォリズムは読者が捉えるもの

　ただ、多くのアフォリズムは、はじめからこうした寸言として書かれているわけではありません。たいていは元の文脈からパンチの効いた箇所だけを誰かが取り出してきたものです。つまり、アフォリズムを生むのは書き手であると同時に、そうした表現形態に反応する読者の側だとも言えます。

　近代になると、あちこちからの引用を集成したアフォリズム集のようなものが出版されるようになり、そういうものをお手本にする形で、こんどははじめからアフォリズム集として出版されることをめざすような寸言集を書く人も現れるということになりました。日本でも萩原朔太郎などがアフォリズムだけをまとめた書物を出しています。

　そういうわけでアフォリズム的な言葉の身振りというのは、いろいろな文章の中に潜んでいるのだとも言えるわけです。とりわけ英詩には多い。が、詩の中の断定調というのは、アフォリズム集に閉じこめられた場合以上に、おもしろい振る舞いをします。単なる賢いアイデ

Emily Dickinson, 'Fame Is a Bee' (?)

Fame is a bee.
　It has a song ――
It has a sting ――
　Ah, too, it has a wing.

アの寄せ集めとはちがうのです。知恵を身振りとして演ずるということは、実は、知恵について語るとはどういうことなのかについて、私たちがより敏感になるきっかけともなる。断定調特有の楽しさ、おかしさ、不思議さ、ややこしさ、困難さといったものが、そこに露出してくるのです。

2) 隠れた賢者
――エミリー・ディキンソン「名声は蜂」

「名声とは？」の答え

　実例を見てみましょう。上にあげるのはすでに第3章でも登場したエミリー・ディキンソンの短い作品です。

　この詩はいったい何をしようとしているのでしょう。冒頭の文から、Fame、つまり名声について語ろうとしていることは明らかです。名声は蜂だ、という。歌うから。針があるから。それに翼まである。蜂という喩えに引きずられるとあっさり納得してしまいそうです。目の前に蜂が飛んでいるような、鮮明な印象をもたせます。行の短さ、単語の短さ・少なさ、構文の単純さなどが、蜂の小さいイメージと重なってくる。

　しかし、出だしはあくまで「名声とは……」でした。果たしてこれに答えは出されているのでしょうか。先の章で英詩の問答形式についてくわしく見ましたが、この詩にも一種の問いが潜んでいるといえるかもしれません。What is Fame? というような。それに対する回答と

エミリー・ディキンソン「**名声は蜂**」

名声とは蜂
　歌をうたうし
針があるし
　ああ　それに　羽根もあるし

して、この詩がある。

　そうしてみると、構文の特徴にも目がいきますね。いずれも A is B, A has C という、きわめて単純なセンテンスの作り方で、さらによく見ると、最初の A is B を説明するためにその後 A has C, A has D, A has E といった構文が連続していくことがわかります。A is B は定義の文です。これに対し、A has C はあるものの特徴を「何を持っているか」の観点から説明する構文です。A is B の根拠が A has C, D, E となっているわけです。ちょっとした飛躍に聞こえるかもしれませんが、ここでは持ち物次第で社会における位置がきまるような、つまり社会の安定を基礎にした上で個を格付けするような思考のパタンが適用されているように思えます。少なくとも、法とか権力といった大きな秩序を後ろ盾にした論理の進め方を思い起こさせる。

「……のだ」の語りと、見とれる語り

　こう見てくると、短い詩の中に、断定調で、大げさで、普遍的なことをきっちりと言おうとする部分と、逆に、何もいわずに済まそう、イメージだけ残してあっさり逃げ去っていこうとする部分の両方が共存しているのがわかるかと思います。それぞれまったく異なった語り手像が浮かびます。

　前者の場合、問答形式を背後に想像させるということもあって、聞き手に教え諭そうとするような、賢者の身振りを装う語り手がいる。「……のだ」の語りです。後者の場合はもっと印象主義的で、語り手

が自分だけのために語っているような、つまり、自分の目の前の景色をそのまま口にしているような様子が感じられます。Fame is a bee と言ったのも、実際に目の前に蜂が飛んでいるからで、その姿に見とれているうちにそもそもの発端たる What is Fame? という問いそのものを忘れ、あ、針もある、翼も、とイメージにつられていく。最終行の Ah, too, のような部分はとくに、語り手が行き当たりばったりで語っている感じを強めます。

読者と賢者

　この詩を読むとき、読者はきっと「どうして名声が蜂なんだろう？」と考えるでしょう。名声が歌うとは？　名声の針？　名声の翼？　という風にいちいち頭で納得しようとするはずです。そういう風に仕組まれているのです。この詩には賢者が隠れていて、いつも「どうだ、わかった？」と問いを発している。「こういうことさ」と教え諭すようでもある。「ついてこい」と命じてもいる。

　たしかに名声には、蜂の羽音の音楽を思わせるような心地良さがある。しかし、それを得そこねたり、あるいは誰か他の人の名声に嫉妬したりするときには、ぐさっと心に刺さるような辛さも生まれる。ふと気づくと名声を失ってしまっていた、ということもあるでしょう。だから問いにはそれなりの答えが用意されているわけです。

　しかし、そうやって問いに答える準備はつくっておきながら、実は答えなんかどうでもいいのでは、という風にも詩は終わります。2 行目から 3 行目と進むと、song と sting の対称性もあって、話が善悪二元論に進むのかなという印象とともに深刻な雰囲気が生まれてくるところ、急に Ah, too, という素っ頓狂(とんきょう)な間合いがはいって、「翼もあるし」と遁走する。ここは上手いところです。隠れていた賢者自身、今出てくるぞ、今出てくるぞ、と思わせておいて、ひょっと翼を生やしたかのように、身軽な蜂のように、逃げてしまう。

　この詩は結局、名声についての詩であるよりも、蜂についての詩として終わるのです。「わかった？」と問いかけ、「こうさ」と教え、「聞

け」と命ずるような語り、つまり名声の定義をめぐる観念的な議論が準備されていたのに、それがいつの間にか蜂自体の描写になってしまう。蜂は名声をわかりやすく説明するための喩えで、あくまで非本質的な、文法用語でいうところの「補語」にすぎなかったのに、それが突然主役となってしまったわけです。これに伴って語り手も、我に返るというのでしょうか、偉そうに問うたり、断定したり、教えたりするのをやめて、自分だけのために語ることを思い出すという次第になります。

3) わかられてたまるか、の詩学
——ウォレス・スティーヴンズ『青いギターの男』

詩は独り言で語ることを許されている

　こうして見てくると、あらためてはっきりするのは、断定調には重要な前提があるということです。それは、黙ってうん、うん、とうなずいてくれる聞き手の存在です。「こうなのだ！」と決めつけるときに、言葉がいかにも力強い行為らしさを見せつけるのは、目の前の相手を屈服させたという劇的な状況がほのめかされているからなのです。ということは、問答形式でも目につくような権力関係が浮き彫りにもなってくる。

　ただ、これはあくまでスタートラインです。断定調を通して言葉の威力をめぐる綱引きがはじまる、とする。しかし、詩には今ひとつ非常に重要な特徴があります。これはこの本の中でももっとも強調したいポイントのひとつなのでやや勿体ぶって言いますが、詩は独り言で語ることが許されている形式なのです。いろいろとある言葉の形式の中でも、これはかなり目立つ特徴です。

モノローグの政治性

　ある時期の文学批評で、対話という概念が流行したことがありました。作品の中に対話の痕跡を見つけられれば、それで作品を褒めたことになる、というような批評のパタンが繰り返されたのです。たしか

に対話的な作品ならではのおもしろさがあるのは間違いないでしょう。対話であるからには、屈服させたと思っていた相手に逆にやっつけられるということもある。対照的に批判されたのは、モノローグで語っていると見なされる作品でした。特に抒情詩。しかし、モノローグで語るのはそんなに悪いことなのでしょうか？

　対話がかくも珍重されたのは、独りよがりに陥ったテクストが政治的な偏りを連想させ、悪いイメージを持ったということがあります。対話ならば民主的に聞こえる。しかし、対話だからこそ、力関係をめぐる戦いが生ずるのだとも言えます。現実の政治においては、そうやって利害関係の対立を顕在化させる方がより公平な対応ができるのだと思いますし、柔軟な思考の展開のためにも対話的なプロセスはたいへん有効でしょうが、あらゆる言葉の表現に単純にそうした政治モデルをあてはめることには私は抵抗を覚えます。第2章や第3章で触れたように、そもそも詩を書いたり読んだりする人というのは、近代に成立した政治の仕組みにうまく適応できない人や、利害関係を明瞭な言葉で表してその綱引きの現場に参加するやり方に違和感をおぼえてしまう人であることが多いように思えるのです。そういう人たちを何らかの形で救済するのが詩なのではないか。

断定調と権力

　断定調というのは非常に権力的です。聞き手を屈服させているという点では対話的な状況を思わせもします。しかし、相手に発言を許さないわけですから、モノローグだとも言える。つまり、実はその辺があいまいなのです。さきほどのディキンソンの詩も、断定調の中に対話性があるようでいて、最後は「そうか、そういうことか」ときわめて独り言的に終わっていました。

　詩の断定調のおもしろさは、まさにこうした所にあるのではないかと私は思うのです。断定することを通して言葉の威力を振りかざしつつ、でも、どこかで弱気になっていたりする。逆に、独り言で呟いていたはずなのが、いつの間にか誰かに話しかけていたということもあ

るかもしれない。言葉って不思議だなあと思いませんか？　話しかけることと一人で呟くこと、「理解してもらいたい」という願いと、「どうせわかりゃしないさ」とか「わかられてたまるか」といった気持ちなどが混在する、そういう状況が詩の中で描かれるのです。

　エミリー・ディキンソンはある時期から家に閉じこもって、毎日真っ白い服を着て一生独身で通し、人付き合いもあまりせず、詩作品も生前はほとんど知られることがなかったという人です。現在出版されている作品は、残された草稿を後の人が編纂したものです。こういう人にとって断定調がどのような意味を持ったのか、名声について語ることが何を意味したのかということを考えるのもおもしろいでしょう。家の外の世界や他者というものが彼女の目にはどのように映ったのか。詩という形式で言葉を連ねるということにいったい彼女はどのような作用を見出していたのか。

Wallace Stevens, *The Man With a Blue Guitar*, XXII (1937)

Poetry is the subject of the poem,
From this the poem issues and

To this returns. Between the two,
Between issue and return, there is

An absence in reality,
Things as they are. Or so we say.

But are these separate? Is it
An absence for the poem, which acquires

Its true appearances there, sun's green,
Cloud's red, earth feeling, sky that thinks?

From these it takes. Perhaps it gives,
In the universal intercourse.

ウォレス・スティーヴンズ（1879〜1955）

　米国の詩人。ペンシルヴァニア州生まれ。ハーヴァード大学卒業の後、ニューヨークでジャーナリストとして修行するが、結局父親の意見を入れて法律学校に入り、法律家となる。ハートフォードの保険会社では副社長にまでなる。

　前衛芸術が注目を浴びていた1910年代のニューヨークで青年期を過ごしたスティーヴンズは、絵画にも深い関心を持ち、とくに初期の作品ではイマジズム風の鮮やかなイメージを使うことも多かった。第一詩集の『ハーモニアム』には意表をつくような鮮烈な描写、唐突な言葉遣いによるあっと驚く展開などがよく見られる。中期のロ

ウォレス・スティーヴンズ『青いギターの男』第22歌

詩の主題は詩的なもの
詩は詩的なものからうまれて

そこに戻ってくる　ふたつのはざま
詩の誕生と　回帰との間にあるのは

現実ばかりで　何かがない
それこそ　あるがままの世界　まあ　そういうことになっている

でもこれらは切り離せるのか　詩にとって
現実はほんとうに何もないところか　詩は現実から得ている

詩にふさわしい装いを　太陽に照らされた緑
赤らんだ雲　大地が感じ　空が考える様を

詩はこうしたものからもらうのだ　そして　たぶん　あげる
万物がめぐりめぐって

マン主義的な作品をへて、後期になると、思弁のような、描写のような、独り言のような、何とも言えない脱力感を伴った連作詩が増え、とくに晩年の作品はすでに過去に用いたイメージを甦らせつつ、いつの間にか新しい場所へと読者を連れて行くような不思議な語り口が目立つようになる。後期の代表作には『至高の虚構のための覚え書き』、「コネティカットの川の中の川」など。何を言っているかわからないことも多く、また詩についての詩、想像力そのものについて語る詩などはとりわけ難解だが、ロマン主義的な感受性を現代の文脈の中で再生させる力は圧倒的で、20世紀米国を代表する詩人と言える。

ウォレス・スティーヴンズ

わからないなら、わからないでもよし

　20世紀になると、「わかられてたまるか」といった種類の詩がだんだんと多くなってきます。ここにあげる米国の詩人ウォレス・スティーヴンズは、そこまで意固地ではありませんでしたが、保険会社の副社長をしながら趣味で詩を書いていたような人なので、是非とも文壇で出世したいという欲求もなかったらしく、「わからないなら、わからないでもよし」といったスタンスを取りつづけた詩人です。その例として連作長編詩『青いギターの男』から第22歌をあげてみました。

　Poetry is the subject of the poem, / From this the poem issues and / To this returns. という出だしは、断定というより瞑想と呼んだ方が良いかもしれないような静かな調子です。でも、瞑想に近い静寂ならではの重さはあって、From this . . . / to this . . . という風に均整の取れた構文とともに、いよいよ教え諭すような偉そうな感じが出てくる。そうして Between the two, / Between issue and return, there is / An absence in reality というちょっと間をもたせた言い方の中で、さらに断定調が強まって、静かながらも「どうだ、わかったか」的なトーンがはっきりしてきます。

不意な態度変更

　詩（＝the poem）は詩（＝poetry）にはじまって詩（＝poetry）に終わるのだ、とこの語り手は言います。個別の詩は詩の世界の中で生かされているという。詩人は現実世界のロジックにとらわれることなく、自由に想像力を駆動させればいい。いわば想像力の擁護です。ところがここで大きな転換があります。Or so we say、つまり、まあ、そういうことになっている、と急に語り手は距離をおいて、まるで責任転嫁するような、ひょっと身を翻して、たった今断定してみせたことをひっくり返すような言葉をはさむのです。詩は現実ともやり取りをするのではないか？　と急に態度を変える。そして修辞疑問を連ね、やっぱり詩と現実とは大いに関係するのかも、とそのことを sun's green, / Cloud's red, earth feeling, sky that thinks という、実にあっさりして、でも微妙にひねりを加えた（sky that thinks って何でしょう？）、きゅっとツボをとらえたような簡潔なイメージにつないでいきます。最後の一連が示唆するのはこういうことではないでしょうか。いくら詩が現実世界から自立しているといっても、やはり自然からヒントを得ていることは間違いない、それが「もらう」ということ。そして逆に詩が、私たちの自然を見る目を養いもするのだ、これが「あげる」なのだ、と。

　不意な態度の転換は、スティーヴンズがよく使う手法です。「……なのだ」ときっちり断定し、論理を一歩一歩進めていくように見せて、まるで反対の態度に飛び移る。この詩でいえば Or so we say. / But are these separate? という部分です。「……なのだ」という断定調には本来、迷いも懐疑もないはずだった。だからこその断定であり、語り手にそこまでの確信があるからこそ、聞き手もおとなしく話しを聴いてくれるわけです。Between the two, / Between issue and return, there is / An absence in reality というような部分、語り手が自分自身の語りに酔っているような印象もありますよね。自分に酔うくらいの図々しさというか、自己正当化がないと、聞き手を屈服させることなどできない。これがまさに詩に許されている独り言性の根本にあるものなのでしょう。詩とは、自分に酔って勝手なことを言い出す語り手を、じっ

と見守ってあげるための形式でもある。ところがそんな陶酔感をスティーヴンズは自らつき崩すのです。急に自分の断定に疑問をなげかけ、さらにその疑問に自分で答えを出してしまう。

断定と根拠

　この詩は結局、「やっぱり詩は現実ともやり取りをしているのだ」という今ひとつの断定で終わるとも言えます。考えを変えただけです。ただおもしろいのは、Or so we say での急な転換を通して私たちが、あ、この詩は断定調で語っていたのだ、とあらためて気づくということです。Or so we say の一言で、それまでの難しげな部分は要するに、語り手が勝手に考えていたにすぎないのだという事実を突きつけられる。断定には何の根拠もない。単に言っていた (say) にすぎないのだ、と。

　こういう風に見てくると、この詩では断定調とともに詩的陶酔に陥っていく部分と、そうした陶酔を転覆し、断定されたものを疑おうとする部分とが拮抗していて、語り手が両者の間を揺れながら、結局はどちらともいえない、つまり断定とも懐疑ともつかない、陶酔とも覚醒とも言えないあわいに落ち着くという流れになっているように思えます。

　最後の連の Perhaps it gives の部分、この Perhaps にはまるで思いつきで言ったような軽さがありますね。takes / gives というコントラストを強調するのではなく、takes「もらう」ときたから、じゃあ、gives「あげる」んだろうなあ、とまるで成り行きまかせのように言う。ディキンソンの詩の Ah, too, it has a wing を思い出しませんか？　聞き手を抑圧するような権威的な断定ではなく、自分のためだけにいう断定がここにはある。だからそれは気楽で、いい加減で、屈託のない明るさに満ちてもいる。sun's green, / Cloud's red, earth feeling, sky that thinks の、あっさりした自然へのオマージュも、その筆遣いの軽さゆえにこの最後の断定を引き立てることになる。スティーヴンズはしばしば、何か立派なことを言っている、難解で偉そうな詩人として敬して遠ざけられてしまうことが多いのですが、たぶんその本当の魅

力は、こうした部分でまるでぱっと明りが点るように現れる唐突な確信と、それに伴うほっとするような脱力感なのです。ああ、考えるって意外と爽快なことだな、と束の間思わせる、そのことが大事なのです。

from T.S.Eliot, 'Burnt Norton', *Four Quartets*（1935）

Time present and time past
Are both perhaps present in time future
And time future contained in time past.
If all time is eternally present
All time is unredeemable.
What might have been is an abstraction
Remaining a perpetual possibility
Only in a world of speculation.
What might have been and what has been
Point to one end, which is always present.
Footfalls echo in the memory
Down the passage which we did not take
Towards the door we never opened
Into the rose-garden. My words echo
Thus, in your mind.
    But to what purpose
Disturbing the dust on a bowl of rose-leaves
I do not know.

トマス・スターンズ・エリオット（1888～1965）

　米国生まれの詩人。ハーヴァード大学で哲学を学んだ後、イギリスに渡る（後に帰化）。批評家としても詩人としても 20 世紀を代表する人物といえる。批評家としては形而上学派詩人の再評価をはじめ、ミルトン批判、ロマン派批判など、モダニズムの理念を背後に持った論陣を張って注目を浴びる。論述の進め方は具体的かつ明晰で、『曖昧の七つの型』で知られるウィリアム・エンプソンの批評方法や、アメリカの新批評（ニュー・クリティシズム）とともに 20

T・S・エリオット『四つの四重奏』より「バーント・ノートン」

現在という時　過去という時
そのどちらもがおそらく未来という時の中に存在している
そして未来という時は　過去という時に内包されている
もしあらゆる時が永遠に存在しているなら
あらゆる時は取り返しがつかないのだ
あったかもしれないことは抽象的なもので
永遠に可能性のまま
思弁の世界にあるだけ
あったかもしれないこともあったことも
向かうのはひとつの終着点　それはいつも現に在るもの
足音が記憶に響く
我々の通らなかった道を通って
我々のついぞ開けなかった扉にむけて
バラ園の中へ　私の言葉はそんなふうに
君の心に響く
だけど　杯のようになったバラの花弁の埃を散らせ
　　　　何を目的としているのか
私にはわからない

世紀のテクスト中心主義的批評の先駆けとなった。

詩人としては、初期の代表的エッセーである「伝統と個人の才能」で語られる理念を体現するような『荒地』（1922年）の発表が大きな注目を浴びた。パウンドとの共作とも言える『荒地』は、神話的なイメージを一応の骨格としつつ、さまざまな声が雑然と混じり合うような、従来の抒情詩とはまったく違う作品で、長らく前衛的な文学作品のお手本となった。古典作品などからの引用や外国語がその詩行にはあふれ、註無しには読めない難解さも目立っている。その

> 後エリオットの詩作品は宗教色を強め、後期の代表作『四つの四重奏』ではあからさまな教義の開陳が見られるようになる。とはいえ、それは単純なキリスト教の宣伝ではなく、本書でも確認するように、普遍的な神秘性へと向かおうとする衝動を持ったものになっている。

T・S・エリオット

4) だまされる快楽
――T・S・エリオット『四つの四重奏』

重要人物エリオット

 次にスティーヴンズとほぼ同時代の詩人 T・S・エリオットの作品を見ます。私がはじめてエリオットに接したのは出淵博先生の授業においてでした。先生は初回の授業で「私はエリオットが大嫌いだ」と宣言されました。それから「大嫌いだけど、この人はまあ、文学者としてはそれなりの重要人物だから挨拶なしにすますわけにはいかない。そういうわけでこれから半年間エリオットを読みます」というようなことをおっしゃいました。先生がエリオットを嫌いなのは、とくにその政治的発言が非常に保守的で、また人種差別的なところがあったためだと私は理解していますが、ご本人にそれを確認したことは結局あ

りませんでした。授業で先生がおっしゃったのは、「エリオットは一つ間違えば政治家になった人間だが、そうはならなかったところがおもしろい」というようなことでもありました。

こういうことを言うと、エリオットの詩の断定調には政治的な策謀がからんでくるのではないかと警戒する人も出てくるかもしれません。たしかに批評家でもあったエリオットは、散文の中ではある種のイデオロギーを正当化するのが非常に上手でした。それも、よく読むとあまり根拠がないようなことを、巧みなレトリックで、まるでそれが当然であるかのように、うまくこちらにうなずかせるということをします。では、詩の中ではどうだったか。

哲学的に語る

エリオットの詩が断定調になるのは、多く、宗教的な題材をあつかった作品においてです。ここで取り上げる『四つの四重奏』中の「バント・ノートン」という作品も、宗教色の強いものです。ただ、冒頭からの引用箇所では、特定の宗教的な教義が露骨に語られるということはありません。どんな雰囲気がするか、読みながら考えてみてください。

さて、この箇所、どんな特徴が目につきますか？ 内容としては時間についてのかなり抽象的な思弁という気がします。過去とか未来について語っている。最終的には、「終着点」と呼ばれる永遠の現在のようなものが、すべてを統合すると言っているようです。とても哲学的に聞こえる。

is の効用

では、なぜ、哲学的に聞こえるのでしょう。時間の話だから？ それもあるでしょうね。でも何より大事なのは、たぶん語り口ではないでしょうか。文章の様子。be 動詞がやけに多いですね。ディキンソンの詩のときにも is の使い方に触れましたが、この詩でも A is B という構文が目につきます。If all time is eternally present / All time is unredeemable のようなセンテンス、is を軸にした合わせ鏡のような構造で、すごく鋭利で、冷たくて、語り手の感情のこもらない、学術論文などで淡々と事実をのべていくときのしかつめらしい真面目さがある。

　この部分では動詞はほとんど is の親戚です。might have been とか are とか have been とか、いずれも be 動詞の活用形なのです。ここでは単に A is B 的な文が目立つだけでなく、語り手が is で語ってしまう自分に、すごく意識的になっているのかもしれません。だから、What might have been and what has been / Point to one end, which is always present というような、is の深みにはまっていくような思考へと進むのではないでしょうか。語り手は is の語りで語りつつ、is の語りを語ることについても語っているというわけです。

しかめつらをする語り手の意識

　語り手は、哲学的に聞こえてしまうことについて、非常に意識的になっているということでしょう。単にしかめつらをしているのではなく、しかめつらをしている自分についても語っている。それはいったいどんな自分なのでしょう。

　さきほどのスティーヴンズに出てきた perhaps という言葉、エリオットにもありますね。なぜ、perhaps なのでしょうか。よくわからないから？　それもある。語り手は実際にすべてを体験したわけではない。だからとりあえず「きっと」と憶測する。でもそのわりに他の箇所では only とか always とか、決めつけるつもりでなければ使わないような、すべてを言い尽くすような言葉遣いもしてますね。私はすべて知っている、と言わんばかりに。

　そういう文脈で読むと、エリオットのこの perhaps はスティーヴンズのとはちがって、自分の余裕をみせつけるような、断じる立場にある自分の優位さをあらためて確認する身振りにも見えます。「どうせ、そうだろう。私は直接は知らないけど、私の言うことは正しいに決まっているのだ」という perhaps。「私ほどの人間なら、憶測で十分なのだ。

私の憶測に耳をすませよ」と言っているかのような。

わからせないために語る

　語り手はこうして、哲学的でしかつめらしい語りに、そしてその鍵となる be 動詞に執着する形でどんどん溺れていく。そこには自分の語りは絶対的なのだ、というトーンがある。だけど、be 動詞にこれほどこだわってしまう語り、ほとんど同語反復的に is のまわりを旋回してしまう語りが同時に示唆するのは、この耽溺が人工的なものだという自覚でもある。それをあらためて印象づけるのは、たとえば My words echo / Thus, in your mind とか、I do not know といった箇所です。つまり、語り手は純粋にひとりで思考しているだけではなく、思考する身振りを通して誰かに働きかけようともしている。A is B という構文は、誰かに何らかの影響力を及ぼすための道具でもあったのです。

　では、be 動詞への執着を通したしかめつらに溺れてみせることで、いったいどういう影響を他者にあたえることができるのでしょうか。この章の冒頭で触れたキリストの言葉を思い出してみてください。あそこで大事だったのは、難解さ、理屈や説明のなさ、極端さといった要素でしたね。言葉が閉じていて、聞き手は容易に中には入れない。ここではそれがかなり意図的に行われていそうです。言葉が堅牢で、しかもそれは仕方なくそうなっているのではなくて、語り手もかなり自覚的で、ほとんど言葉遊びのようにも聞こえる。わからせないためにこそ、語っているような。

語り手はやさしい

　しかし be 動詞の語りには忘れてはならない重要な特徴がもうひとつあります。それは単純だということです。be 動詞の構文は中学校の英語の授業でももっとも早く習うものでしょう。この引用箇所もそういう意味では、単純な構文ならではの誘うようなやさしさがある。やさしさというのは、ここでは両方の意味です。容易でもあるし、友

好的でもある。Time present and time past / Are both perhaps present in time future という出だしには、さあ、入っていらっしゃいというトーンが聞こえますね。

ということは、この一節は、誘惑的なほど親切に振る舞う一方で、同時に、こちらを煙に巻くような難解さ、堅牢さをも持っているということです。こちらの意識を引き込んでおいて、閉じこめるような。出口無しの迷路のような構造。こちらに考えさせてから、I do not know とかわすのです。

だまされる方法

私は、詩を読むという体験は、詩にだまされてあげる体験だとも思います。「バーント・ノートン」のこの冒頭部には、そういうだまされる快感があるのではないでしょうか。語り手のやさしさにつられて中にはいっていき、意味を考え、しかめつらでうなずき、しかし、何もあたえられずに放り出されてしまうような境地。

詩を読むときに限らず、私たちは断定調というものに非常に弱いです。ものを読むとき、話を聞くとき、心のどこかで私たちはだまされたいと思っている。しかし、うまくだましてくれるものはそう多くありません。どこかねじがゆるんでいたり、すき間があいていたりして、そうするとこっちも「な〜んだ」と思ってしまう。腹が立ってくる。こんなとき、つい私たちはその苛立ちが断定調そのもののせいであるかのように思ってしまう。

でも果たしてそうでしょうか。私たちはほんとうはうまくだまされたい、納得したい、首を縦にふりたい、と身構えていて、それが失敗すると、うとうとしかけたところを揺り起こされたような不快な気分になるのではないでしょうか。

エリオットの作品はかなり上手に私たちを「だまされの境地」に誘ってくれると私は思います。この先を読み進めても、エリオットは明確な解答は示してはくれません。この箇所に典型的に表れたしかめつらを維持しつつ、ちらちらと理解の道を示してはくれるのですが、決し

て「ああ、そうか」と着地することはできない構造になっているのです。

　宗教というのはいかに上手にだまされるかだ、とまでは私は言うつもりはありませんが、20世紀の詩において宗教をテーマとして取り上げるとするなら、こうした催眠術のようなトリップが必要となるだろうなという気はします。同じ断定調でも、「どうだ、わかったか」と力強く迫るのではなく、「どうぞ」と中に誘って、くるくると目が回るうちに異世界に足を踏み入れるような心地にさせる。そういう断定の形もあるのでしょう。

出淵博（1935〜1999）

　英文学者。イエイツを専門としつつも、広く英詩や文芸批評全般に渡って発言した。独特のユーモアと洞察力、人並み外れた記憶力、正しいと思ったことを不器用なほどの真直ぐさで発言する果敢さと、若々しい含羞とが結合した類いまれな人であった。

　國學院大學講師、東京工業大学助教授、東京大学教授、成蹊大学教授を歴任。主な業績として、共著『講座・英米文学史(12)批評・評論I』(1971、大修館書店)、『現代批評の展望』(1974、學生社)、訳書にイエイツ「煉獄」「死者の夢」(『ノーベル文学全集(20)イエイツ・ショー・オニール篇』1972、主婦の友社)のほか、多くの論文がある。死後『出淵博著作集(1)〜(2)』(2000〜2001、みすず書房)が刊行された。

William Shakespeare, 'Sonnet 94'（1609）

They that have power to hurt and will do none,
That do not do the thing they most do show,
Who, moving others, are themselves as stone,
Unmovèd, cold, and to temptation slow;
They rightly do inherit heaven's graces
And husband nature's riches from expense;
They are the lords and owners of their faces,
Others but stewards of their excellence.
The summer's flower is to the summer sweet
Though to itself it only live and die;
But if that flower with base infection meet,
The basest weed outbraves his dignity:
  For sweetest things turn sourest by their deeds;
  Lilies that fester smell far worse than weeds.

---

5) 花の威力
——ウィリアム・シェイクスピア「ソネット94番」

ソネットの断定調

　英詩における断定調というと、忘れてはならないのはソネットでしょう。この本でもソネットはすでに何回か話題にしていますが、念のため歴史的な経緯を確認しておきましょう。

　ソネットはもともと13世紀の南イタリアで使われ始めたもので、英語圏に伝わってきたのは16世紀でした。当初は英語のソネットも、イタリアで成立したいわゆるペトラルカ式ソネットと同じように ab-baabba / cdcdcd という風に前半8行・後半6行に分かれる形式でしたが、英語はイタリア語とちがって語尾変化も多く、少ない音で何度

ウィリアム・シェイクスピア「ソネット94番」

傷つける力はあってもやらない人たち
いかにもしそうなことをしない人たち
他人の気持ちを揺るがしつつも　自分は石のよう
不動で　冷めていて　惑わされはしない
このような人たちこそが天の恩寵を受け
自然の財がいたずらに失われるのをふせぐにふさわしい
このような人たちこそが自分の顔の主人で持ち主
他の者は彼らのすばらしさを執事として守るにすぎない
夏の花はたとえたったひとりで生き　死ぬにせよ
夏という季節にその甘い香気を放つ
が　もしその花が下等な病に冒されれば
下等な雑草よりも堕ちていく
　　どんなに甘美なものも　行い次第でとても酷いものとなるから
　　腐った百合は　雑草よりもはるかに嫌な匂いを放つから

も韻を踏むことが難しいため、abab / cdcd / efef / gg という、韻を踏む音をどんどん変えていく方式が採用されるようになります。これはシェイクスピアの『ソネット集』で用いられた形式であることから、後にシェイクスピア式ソネットと呼ばれることになりました。

　こうした韻の踏み方をすると、韻のまとまりに合わせて語りが三つのユニットで構成されるようになります。これを1対2と割り振るか、2対1とするか、あるいは1対1対1とするか、いろいろな可能性が生ずるわけですが、いずれの場合でも大事なのは、最後に2行のカプレットがきて、「はい、終わり」というオチが明瞭に示されるということです。この2行の部分はしばしばソネット全体の議論を要約し、教訓のようなものを導きだすことになります。だから、そこまで来ると語り手は居住まいを正して真面目になり、身構えたり、威張ったり

もする。

　こうした、きっちり締めて終わるという感覚は、短い詩にはつきものかもしれません。ある程度の長さのある作品ならば、持続感だけで読者は「ああ、作品を読んだ」という気分を満喫しますが、短ければ短いほど、「どうだ、これで終わりだ」と言われないと、何かを読んだという気にならない。ソネット末尾のカプレットは、この「どうだ、これで終わりだ」を表現するのにぴったりの道具なのです。それだけに、きっちり締まった感じを表しやすいような、断固とした決めつけ調になりやすい。

94番の道徳談義

　ここで取り上げるのはシェイクスピアのソネット94番です。ちょっと変わったソネットですが、末尾カプレットの断定調の威力が非常に印象的なので選んでみました。

　154篇あるシェイクスピアのソネットの多くは、詩人が特定の人物に熱意とともに語りかけるという設定になっていて、しかもだいたいにおいて語り手はその相手を褒めそやすという形になっています。ところが、このソネットは少しちがうようです。一応ある人物像について語ってはいるのですが、あくまで「人たち」と複数形になっており、特定はされていない。だから、語り手とI, youといった関係を結びもしません。話は一般的で、道徳談義のようにして進みます。

褒めるのか貶すのか

　人物像の特徴は、周りにまったく影響されず、冷たいと思えるほど自分自身を保ってるということです。詩の冒頭 They do not do the thing they most do show は posse et nolle, nobile (「危害を加えることができるのにあえてそうしない、というのは誉れ高きことである」) というラテン語の格言から来ています。一応良い意味で使われている。語り手は「いかにもしそうなことをしない人たち／他人の気持ちを揺るがしつつも　自分は石のよう／不動で　冷めていて　惑わされはし

ない」という風に具体的に美点をかぞえあげ、褒める。

　ところが必ずしもそうでもないような、褒められているその特質がまさに反転して邪悪な特質にも変じうるような、そういう可能性も仄めかされています。というのもこの部分が、こうした人物の持つ不可解な内面、その外面と内面との乖離、密かな他人の支配といったことを暗示しもするからです。またレトリックとしても、none とか、not, cold といった否定性の目立つ言葉が多く、「おそらく褒めるのだろうな、讃えるのだろうな」というような期待感に、それとなく留保の感情が差し挟まれている。

　5〜8 行目になると、heaven's graces / nature's riches / lords and owners / their excellence といった、きらびやかで大げさな昂揚感に満ちた言葉によって、そうした行動の果てにたどり着く栄光のようなものが輝きとともに表現されます。財産的な豊かさ、宗教的な徳、身分の上での上昇といった社会的な隠喩によって、その人物像に賛美の視線が向けられます。そして 8〜9 行目では They are the lords and owners of their faces, / Others but stewards of their excellence という。「自分の顔の主人で持ち主」とはつまり、この人物が自分の外見をしっかりと所有し、内面と外面が一致している、ということでしょう。

　そして 10 行目から 11 行目では、それまでの流れを引き継ぐ形で、「夏の花はたとえたったひとりで生き、死ぬにせよ、夏という季節にその甘い香気を放つ」と非常に肯定的なイメージを出してきます。summer's flower というおなじみの隠喩です。この時代のソネットでは summer とか flower といったものは、sweet のようなキーワードとともに明白に良いイメージを担うことが多いのです。5〜8 行目で達した社会的な昂揚と栄光の気分に、ここで植物のイメージを持ってくることで広がりを与えているわけです。

妙な結末

　そうやって詩は結末部に至ります。ところが結末は今までの流れを一気に変える。美しく甘い夏の花が、にも関わらず、最後は忌まわし

い臭気を発しながら朽ちていくのだというのです。こうしてソネットの最終部は、それまで少なくとも表面的には肯定的な部分にだけ焦点を当てていたのが、一転して否定的な部分にも注目するようになり、しかもその部分が非常にインパクトが強いため、こちらとしてもいったいどこに重心をおけばいいのかわかりにくくなってしまいます。

　枠組みとしては、1 行目から 10 行目までのところで人物造型をして、最後にそれに対する警告を発する、ということなのでしょう。10 行目までの造型が中心で、後半はややおまけというか、最後の 4 行は、その 10 行目までの造型を補強するためにネガティヴな部分をあえて付け加えた、ということになっているらしい。でも、後半 4 行の否定性が前半の賛美を帳消しにしてしまうような勢いもありますね。

　この詩の味わいはこの部分にあるのです。植物の比喩を持ってきて、まさにそれをきっかけとして、それから、その比喩の途中で出てきた die という言葉に「偶然」引きずられるようにして、11 行目から 12 行目、そして 13 行目から 14 行目では、植物の隠喩に潜んだ、上記人物像の負の部分が露わになってくる。花のイメージを持ってきたばかりに、花に生じうる害悪のようなものへと話が移ってしまうわけです。

　当初の人物造型にあたって、花という隠喩で表されていたのはどんな要素だったのでしょう。それは宗教的でも、社会的でもないような、もっとセクシュアルな部分、ある人物の性的な魅力に関わる部分だといえるかもしれません。そこに話がたどり着くや否や、But 以下の強烈な否定性も出てきてしまった。今まで一般論に逃げて、人間一般の徳やすばらしさについて考えようとしていた語り手が、花という話題を介して、ある特定の人物が自分に対して発揮した性的な妖気に思い至り、そこから具体的な苦い思い出を想起させられて、にわかにトーンを変えたという風に読める。

アフォリズムとプライベートなものの衝突

　断定的な一般論というのは、その本来的な特徴としてやや居丈高で、押さえこむようなトーンを持っている。ですから、語り手は soures (14

行目）という言葉に端的に表現された苦い思い出を、アフォリズムの口調が持っている無菌的な堅牢さで制御しようとしたともいえるでしょう。ところがflowerという話題に伴って、自分の持っていたプライベートな気持ちが、アフォリズムの鎧をやぶって一気に噴出しそうになった、そこで、さらに決めつけ的な警句で強引に全体をまとめ上げようとしたという風にも見えます。

このソネットの語りで面白いのは、はじめに触れたように(1) I や you を使わずにあたかも個人的な事情とは関係ないかのように語り手が振るまう、(2)しかも一般論のスタイルをとることで賢者のように語っている、(3)細かい描写などもあまり用いず、どちらかというと抽象的なレベルで話をまとめようとしている、といった枠組みにも関わらず、実際の議論の進め方は予定調和とはほど遠く意外性に満ちており、それが裏に潜んだ語り手の心理をむしろ反映しているように思えるということです。非感情的なスタイルをとりながら、その枠組みを全うしきれないことで、かえって裏にかくれた感情の強烈さを感じさせるというわけです。

語り手が思わず言うこと

語り手が表向き言おうとしていることと、実際に言いたいこととの間には溝があり、どちらを本当のメッセージとして読めばいいのかわかりにくいかもしれません。あるいは、「いったい、どっちかわからない」というその感じを、裏に潜んだ語り手の苦い心境ともども味わうというのが正しい道なのか。

もちろん、このソネットで話題にされるのが、周りに影響されない、冷たいほどの平静な心の持ち主であるということも大事でしょう。そういう人物像をネタに道徳談義めかした断定的な一般論を語ることで、内側の苦い、つらい思いにフタをしようとするような語り手が、自らの言葉の彩の罠に引っかかるようにして、思わず誰かに対する思いを表白してしまう、そうした感情性がおもしろいのです。特定の人物の秘密を終始明かさずに、しかしその人物に向けた語り手の心のベクト

ルを表現するという、非常に抑圧的な語りの、その抑圧性そのものが、このソネットの味わいになっています。 末尾のカプレットで For sweetest things turn sourest by their deeds;/ Lilies that fester smell far worse than weeds という一行の、[iː]と伸ばす音が強く耳に響くあたり、禍々(まがまが)しさが上手く出ているように思えます。

付録　英詩の韻律

リズム

　まず英詩のリズムは、① 強勢（アクセント）のある部分とない部分の組み合わせ方、および ② その数、によって規定される。

① 強勢と弱勢の組み合わせでもっとも一般的なのは、いわゆる「弱・強」というパタンで、これが iamb（形容詞形は iambic）と呼ばれる。英語の日常会話のリズムにも近いと言われる。

　　例）　Něw Yórk　（˘で弱音、´で強音を示す）

　そのほか「強・弱」「弱・弱・強」「強・強」などさまざまな組み合わせがある。

②「弱・強」などの組み合わせが一行にいくつあるかによって韻律の形が示される。たとえば「弱強」のセットが五つあれば、「弱強五歩格」（iambic pentameter）と呼ぶ。「強弱四歩格」「弱弱強三歩格」のようなヴァリエーションが可能。

　英詩の韻律でもっとも一般的なのは弱強五歩格で、無韻詩（ブランク・ヴァース）やソネットなど多くの詩形がこのパタンを用いている。また同じ作品中でリズムが変わったり、同じ行で微妙にリズムがずれたりすることもありうる。機械的に同じリズムを繰り返すより、リズムのパタンを踏み外してなお、耳に心地よく響かせるのが本当の技術だとも言える。シェイクスピアはこの点でも卓越していた。

韻

　頭韻と脚韻があるが、頭韻は古英語の詩で用いられた作法で、近現代の英詩では、ときおり頭韻を混ぜることはあっても、規則的に使うのは脚韻であることが一般的。

　脚韻の正式な定義は「行の最後の強勢のある母音（syllable）と、それに続くすべての母音および子音が同じ」ということ。これを「完全韻」（full rhyme もしくは perfect rhyme）と呼ぶ。

例） fish / dish　　smiling / filing

しかし、たとえば「強勢のある母音の音は同じだが、それにつづく子音や母音が違う」とか、逆に「強勢のある母音の音が違うが、それに続く子音、母音は同じ」といったように、部分的に韻が踏まれることもとくに現代詩では多い。これらは「不完全韻」(half-rhyme) と呼ばれる。

　また韻の踏み方は ababcdcd のように、同じ音の韻を登場順にアルファベットで示していくことで記述する慣例になっている。(例として p. 17〜18 を参照)

参考図書

　入門書という性格を考え、本書では専門的な議論や先行研究のマッピングなどは省略させていただきました。語注なども最小限にとどめてあります。もちろん、ここで扱った詩人についてはすでに膨大な研究の蓄積があり、筆者がその恩恵に浴していることは言うまでもありません。また、本文中の詩作品には拙訳を付しましたが、これについても多くの既訳を参考にさせていただきました。以下に謝意とともに主立ったものの書名をあげます。

『英米詩集』西脇順三郎編（白鳳社　1998年）
川本皓嗣『アメリカの詩を読む』（岩波書店　1998年）
『イエイツ名詩評釈』櫻井正一郎・藪下卓郎・津田義夫共編著（大阪教育図書　1983年）
『イエーツ詩集』加島祥造訳編（思潮社　1997年）
T・S・エリオット『四つの四重奏曲』森山泰夫註解（大修館書店　1980年）
シェイクスピア『ソネット集』高松雄一訳（岩波書店　1986年）
『対訳シェイクスピア詩集』柴田稔彦訳（岩波書店　2004年）
『シェイマス・ヒーニー全詩集』村田辰夫・坂本完春・杉野徹・薬師川虹一訳（国文社　1995年）
『シェリー詩集』上田和夫訳（新潮社　1984年）
『シルヴィア・プラス詩集』吉原幸子・皆見昭訳（思潮社　1995年）
『対訳ディキンソン詩集』亀井俊介訳（岩波書店　1998年）
『ディキンソン詩集』新倉俊一訳編（思潮社　1993年）
『テド・ヒューズ詩集』片瀬博子訳・編（土曜美術社　1982年）
ホイットマン『草の葉』（上・中・下）酒本雅之訳（岩波書店　1998年）
『対訳ワーズワス詩集』山内久明訳（岩波書店　1998年）

今後、英詩を読み続ける気になられたら、是非、原文に触れることを

お薦めします。まずは手始めに、平井正穂編『イギリス名詩選』や亀井俊介・川本皓嗣編『アメリカ名詩選』（ともに岩波文庫）といった原文・訳文併記式の手軽なアンソロジー（詩選集）からはじめるのが無難かもしれません。それから、今はネット書店などで簡単に洋書も注文できますから、大きめのアンソロジーを一冊手に入れるといいでしょう。とりあえずのお薦めは以下のものです。

The Norton Anthology of Poetry, ed. by Ferguson, Salter and Stallworthy (New York: Norton, 1996)

The Norton Anthology of English Literature, ed. by Stephen Greenblatt and M. H. Abrams (New York: Norton, 2006)

The Oxford Book of English Verse, ed. by Christopher Ricks (Oxford: Oxford UP, 1999)

The New Penguin Book of English Verse, ed. by Paul Keegan (London: Penguin, 2000)

The Oxford Anthology of English Literature, ed. by Frank Kermode and John Hollander (Oxford: Oxford UP, 1973)　＊全六巻。時代順。

手を延ばせば届くような場所にこうした本を一冊おいて、一日ひとつでも（たとえば寝る前に！）詩をながめてみるというのはいかがでしょう。特定の詩人の作品集を買って読破するのはなかなかたいへんです。それよりは、いろいろな詩人の作品の入ったアンソロジーを気まぐれにながめ、○×△で作品を採点したり、お気に入りの詩人をマークしたりする、というのが簡単かと思います。そうして、よし、これだ、という詩人が見つかったら、こんどはその人の作品集を手に入れる、という手順がいいのではないでしょうか。

本書でとりあげた詩人の原文テクストは次の版から採りました。これらのほとんどがペーパーバックで手に入るもので、作品も網羅的にカバーしているので、個人の作品集をお求めになるときはお薦めです。

参考図書

序章

ウィリアム・シェイクスピア

William Shakespeare, *The Sonnets and A Lover's Complaint*, ed. by John Kerrigan (Harmondsworth: Penguin, 1986)

第1章

ウィリアム・ワーズワス

William Wordsworth, *The Thirteen-Book Prelude*, ed. by Mark L. Reed (Ithaca: Cornell UP, 1991)

＊ただし、このコーネル版は専門的かつ高価なので、*William Wordsworth*, ed. by Stephen Gill (Oxford: Oxford UP, 1984) や *The Poems*, ed. by John Hayden (Harmondsworth: Penguin, 1989), *The Prelude: 1799, 1805, 1850* (New York: Norton, 1979) などが手頃。

ウォルト・ホイットマン

Walt Whitman, *Leaves of Grass*, ed. by Sculley Bradley and Harold W. Blodgett (New York: Norton, 1973)

P・B・シェリー

P. B. Shelley, *Shelley's Poetry and Prose*, selected and ed. by Donald H. Reiman and Neil Fraistat (New York: Norton, 2002)

第2章

シルヴィア・プラス

Sylvia Plath, *Collected Poems*, ed. by Ted Hughes (Faber, 1981)

テッド・ヒューズ

Ted Hughes, *Collected Poems*, ed. by Paul Keegan (Faber, 2003)

第3章

エミリー・ディキンソン

Emily Dickinson, *The Complete Poems of Emily Dickinson*, ed. by Thomas H. Johnson (Boston: Little, Brown, 1960)

＊編集方針の違う *The Poems of Emily Dickinson*, ed. by R. W. Franklin (Cambridge, MA: Belknap, 2005) も便利。

D・H・ロレンス

 D. H. Lawrence, *The Complete Poems of D. H. Lawrence*, ed. by Vivian de Sola Pinto and F. Warren Roberts (Harmondsworth: Penguin, 1993)

シェイマス・ヒーニー

 Seamus Heaney, *Opened Ground: Poems, 1966–1996* (Faber, 1998)

第4章

ジョン・ミルトン

 John Milton, *Complete Shorter Poems*, ed. by John Carey (London: Longman, 1968)

ウィリアム・シェイクスピア（序章参照）

フィリップ・ラーキン

 Philip Larkin, *Collected Poems*, ed. by Anthony Thwaite (London: Faber, 1988)

R・S・トマス

 R. S. Thomas, *Collected Poems, 1945–1990* (London: J. M. Dent, 1993)

W・B・イエイツ

 W. B. Yeats, *The Poems*, ed. by Richard J. Finneran (London: Macmillan, 1983)

第5章

エミリー・ディキンソン（第3章参照）

ウォレス・スティーヴンズ

 Wallace Stevens, *Collected Poems* (New York: Knopf, 1954)

T・S・エリオット

 T. S. Eliot, *The Complete Poems and Plays* (London: Faber, 1969)

ウィリアム・シェイクスピア（序章参照）

なお、韻律法などに興味をお持ちの方は John Hollander, *Rhyme's Reason: A Guide to English Verse* (New Haven: Yale UP, 1989) が手軽で便利です。

おわりに

　詩は「っぽさ」で読みましょう、と序章で言いました。最後に今一度、このことに触れたいと思います。
　以下はあるイギリス人の発言。

> シュールレアリスムっていう言葉を使う時は、だいたい「まるでシュールレアリスムみたいだ」（almost　surrealistic）っていう言い方になるよね。「シュールレアリスムだ！」と決めつけることはあまりなく、いつも「まるで……」と枕詞がつく。

なるほど、と私は思いました。日本語でも似たような表現はありますね。たとえば「半強制的」。強制的という言葉を使うときは「半」という言葉が頭につきやすい。ほんとに強制的であるときよりも、「まるで強制的だ」というニュアンスをこめて使うことの方が多い。
　考えてみると、「シュールレアル」とか「強制的」といった強い表現に限らず、言葉を使う時というのは、しばしばずらして使うものです。調味料と同じ。そのままだときつすぎるから、混ぜたり、薄めたり、隠したり。言葉というものは、すっぴんのままでいることはあまりない。たいてい化けている。ずれる。それが言葉の宿命なのでしょう。むしろ、このずれを上手に使うことが肝心である。その方が、言葉の持ち味が出るのです。
　「詩的」という表現は、その典型例かもしれません。詩だ、とはなかなか言わない。詩的だ、とか、詩っぽい、と言うことの方が多い。詩なんかほとんど読まない人でも、「詩的だね」という言葉は意外と使ったりします。「いかにも詩らしい詩だね」なんて言う。詩はわからない、という言う人も、「っぽさ」をつければ詩を語りはじめる。
　詩というのは真正面から語ろうとすると、どうも重くなりすぎたり、難しげになったり、勿体ぶった感じになったりするのです。これはまさに詩の本意から外れることでしょう。詩そのものについて語ろうと

すればするほど、詩と関係なくなってしまう。だから、ちょっと差し引く。回り道をする。「いかにも詩みたいだね」という地点から、少しずつアプローチする。

　そういうわけで、本書ではあえてこの「詩っぽさ」を俎上に載せました。主に英語で書かれた詩をとりあげ（それが英語である理由は序章で述べた通りです）、愚直に、「詩っぽさ」にまつわるさまざまな疑問に答えることを目指しました。なるべくわかったふりをしない、というのが大きな目標です。そのためにも「詩っぽさ」のさまざまな側面を拾い集めたつもりですが、もちろんこれで全部ではないでしょう。まだ、これが語られていないじゃないか、という形で、「詩っぽさ」をめぐる議論が盛んになり、もっともっと詩が読まれるようになれば本望です。

　この本の説明に少しは納得していただくことができたでしょうか。それにしてもあらためて痛感するのは、散文で詩の世界を語り直すことの難しさです。詩とは感触そのものなのです。概念とか理屈だけにはおさまらない、きっちりとはとらえられない、でも、なんとなく感じるもの。そういうやわらかい部分を話題にしたかった。だから、ですます調なのです。

　この本の元になったのは、この数年、東京大学、立教大学、慶應義塾大学、学習院大学、大阪大学、東京外国語大学などで行った講義です。講義に出て、いろいろと反応してくれた学生さんたちに感謝したいと思います。こちらも大いに刺激を受け、励みになりました。

　本の企画の段階では、いつもお世話になっている「英語青年」の津田正さんにお力添えいただきました。中心となって本をつくってくださったのは星野龍さん。20 年前のニューアカ真っ盛りのころ、今ではとても恥ずかしくてタイトルのいえないような本を一緒に輪読した大学時代の畏るべき先輩です。お二人に深く感謝いたします。もちろ

おわりに

ん、本書に関し行き届かない点などありましたら、それはすべて著者の責任です。

阿部公彦

2007 年 2 月

阿部公彦（あべ・まさひこ）
1966年、横浜市生まれ。東京大学大学院人文社会系研究科・文学部教授。現代英米詩専攻。東京大学大学院修士課程修了、ケンブリッジ大学大学院博士号取得。著書に『モダンの近似値―スティーヴンズ・大江・アヴァンギャルド』(2001 松柏社)、『即興文学のつくり方』(2004 松柏社)、共著に『21世紀文学の創造　声と身体の場所』(2002 岩波書店)、『20世紀英語文学辞典』(2005 研究社)など。

KENKYUSHA
〈検印省略〉

英詩(えいし)のわかり方(かた)

2007年 3 月 23 日　初版発行
2025年 2 月 28 日　 9 刷発行

著　者　阿　部　公　彦
発行者　吉　田　尚　志
発行所　株式会社　研　究　社

〒102-8152　東京都千代田区富士見 2-11-3
電話　03-3288-7711（編集）
　　　03-3288-7777（営業）
振替　00150-9-26710

印刷所　TOPPANクロレ株式会社

© Masahiko Abe, 2007
ISBN 978-4-327-48150-6 C3098　　　Printed in Japan
https://www.kenkyusha.co.jp/

装丁：Malpu Design（河村誠＋清水良洋）